Edeltraut & عائِد

Danksagung:

Herzlichen Dank sage ich Herrn Dipl.-Ing. (FH) Peter Köllner. Ohne ihn hätte das Buch nicht verwirklicht werden können. Für seine vertiefende und anregende Lektorats-Arbeit, seinen Rat und kompetente Unterstützung möchte ich mich ausdrücklich bedanken.

Juni, im Jahre 2018

im fernen Hörnum auf Sylt

Martina Giese-Rothe

Herzblut

 (Aida)

2 x 30 Tage
Flucht und Vertreibung

BOOKS on DEMAND

Bibliografische Information der Deutschen Nationalbibliothek: Die Deutsche Nationalbibliothek verzeichnet diese Publikation in der Deutschen Nationalbibliografie; detaillierte bibliografische Daten sind im Internet über dnb.dnb.de abrufbar.

Herstellung und Verlag: BoD – Books on Demand, Norderstedt

ISBN: 9783748132219

Inhalt

Herzblut: Heimat – warum musste ich dich verlassen? 9

Vorwort 10

Kapitel 1* 15

Suttom 16

Tag 1 – Unser Dorf 18

Tag 2 - Erdbeerfeld 20

Tag 3 – Wolken über Suttom 21

Tag 4 – Geheimes Treffen 22

Tag 5 – Aufbruch in der Nacht 24

Tag 6 – Vertreibung aus unserem Dorf 25

Tag 7 – Abführen meines Vaters 26

Tag 8 – Angst trieb uns vorwärts 27

Tag 9 – Reise ins Ungewisse 29

Tag 10 – Ankunft in Mecklenburg-Vorpommern 30

Tag 11 – Schulalltag nach der Vertreibung 31

Tag 12 - Krank 33

Tag 13 – Großes Unglück für meinen Bruder 35

Tag 14 – Hier bleiben wir nicht 36

Tag 15 – 1. Fluchtversuch 37

Tag 16 – Erwischt 38

Tag 17 – 2. Fluchtversuch 40

Tag 18 – Ist das der Westen? 42

Tag 19 – Weiterreise nach Hessen 44

Tag 20 – Endlich Schule 45

Tag 21 – Abgebrannt 46

Tag 22 – Und wieder „Hier bleiben wir nicht". 48

Tag 23 – Arbeitsanfang 50

Tag 24 – Erneuter Umzug 52

Tag 25 – Traumgedanken Heimat 54

Tag 26 – Stadtleben 55

Tag 27 – Heimat mit allen Sinnen 57

Tag 28 – Ich vermisse Dich 58

Tag 29 – Wiedersehen mit Oma und Opa 59

Tag 30 – Heimat im Herzen 60

Suttom – meine Heimat 63

Tschischkowitz – wo meine Wiege stand 68

Böhmen und das Böhmische Mittelgebirge 73

Kapitel 2* 81

Aleppo 81

Tag 1 – Ein Leben im Keller 83

Tag 2 – Auf dem Weg zur Schule 84

Tag 3 – Eine zerstörte Stadt 85

Tag 4 – Das Leben im Keller 87

Tag 5 – Hoffnungslosigkeit 88

Tag 6 – Eine schlimme Vermutung 89

Tag 7 – Tiefe Verletzung und doch Hoffnung 90

Tag 8   – Mein Bruder, meine Rettung 92

Tag 9   – Flucht aus Aleppo.. 94

Tag 10 – Reise ins Ungewisse 95

Tag 11 – Mutter's Bewusstlosigkeit 96

Tag 12 – Ankunft in der Türkei 97

Tag 13 – Mutter darf zu uns 98

Tag 14 – Leben im Lager 99

Tag 15 – Der Plan zur Flucht 100

Tag 16 – 1. Fluchtversuch 101

Tag 17 - Gescheitert 102

Tag 18 – Zurück im Camp 103

Tag 19 – Ein neuer Plan 104

Tag 20 - 2. Fluchtversuch.. 105

Tag 21 – In Seenot 106

Tag 22 – Krank in Griechenland... 107

Tag 23 – Ziel Deutschland.. 108

Tag 24 - Unsicherheit... 109

Tag 25 – Endlich ein Bett 111

Tag 26 - Fremdenfeindlichkeit.. 112

Tag 27 - Familienzusammenkunft 113

Tag 28 – Der Blick nach vorne 114

Tag 29 – Gedanken über Geflüchtete 115

Tag 30 – Heimat, ich werde dich wiedersehen 116

Aleppo – geschundene Stadt – geliebte Heimat........................ 117

Betrachtungen 128

Das 20. Jahrhundert – „Jahrhundert der Vertreibungen" in Europa 128

Gedanken zum Thema Vornamen 148

Sag mir wie du heißt und ich sage dir, wo du stehst 148

Edeltraut 151

Aida - عائِد 152

Was bedeutet Heimat für mich? 153

Literaturhinweise 156

Bildnachweis 158

Herzblut: Heimat – warum musste ich dich verlassen?

Jeweils 30 Tage Aufzeichnungen aus dem Leben zweier Mädchen über Flucht und Vertreibung – gestern als auch heute.

Tagebuchähnliche Aufzeichnungen geben einen Einblick in ihre Gefühlswelt und die schmerzhaften Erinnerungen, die sie durch das Verlassen ihrer geliebten Heimat erleiden mussten. Ansatzweise lässt sich hier der Verlust ihrer Heimat und beider Leid als Vertriebene und Flüchtlinge erahnen. Nicht nur die Heimat, auch die Würde des Menschen wurde ihnen sehr schmerzhaft und ohne Rücksicht genommen.

Vorwort

Nur allzu gern wird dieses brisante Thema immer noch als Tabuthema behandelt. Von 1944 bis 1948 wurden etwa 15 Millionen Menschen aus ihrer angestammten Heimat vertrieben. Das betraf unter anderem mehrheitlich die deutschen Bewohner, die in der Kriegsfolge in den von den Alliierten begünstigten, nationalistisch orientierten Nachbarstaaten ihr Zuhause hatten. Mehr als 2 Millionen überlebten dies nicht. Das sind offizielle Zahlen, denen man heute glauben muss.

Die Heimat der damaligen ca. 2,5 Millionen Sudetendeutschen erstreckte sich über Böhmen, Mähren, Schlesien, vom Iser- über das Riesengebirge, dem Adlergebirge, dem Glatzer Bergland, dem Altvaterland bis hin zur Mährischen Senke.

Mit der Massenvertreibung nahm man diesen Menschen ihre Heimat. Bis heute gibt es dafür keine Versöhnung, kein Verzeihen und keine Wiedergutmachung. Kaum angekommen in der sowjetischen Besatzungszone und in den Grenzdurchgangslagern in Bayern, Baden-Württemberg und Hessen hatten die Vertriebenen durch Tragen ihrer Kopftücher schnell den Namen „Zigeuner" weg. Selbst die Nachkommen, die lange nach der Vertreibung in den 60er und 70er Jahren geboren wurden, hatten darunter noch zu leiden.

Dass der Krieg für alle ein traumatisches Erlebnis war, ist keine Frage, doch wie fühlten sich die damals ungefähr 15 Millionen, die zusätzlich zu den schlimmen Kriegsfolgen ihre Heimat verlieren mussten? ... und das nach dem Ende des 2. Weltkrieges am 8/9. Mai 1945.

Auch heute ab dem Jahre 2015 stehen wir aktuell, wieder verstärkt diesem Thema gegenüber. Zurzeit gibt es täglich bis zu 1000 neue Flüchtlinge aus Afghanistan, Syrien, Somalia, Sudan, Kongo, Irak und anderen Ländern. Sie fliehen vor Not, Angst, politischer Verfolgung und Perspektivlosigkeit. Auch hier wiederholt sich das Fluchtdrama wie bei allen Vertreibungen und bei Flüchtlingen – bei vielen endet die Flucht mit dem Tod. Erinnerungen werden wach zu dem, was sich bei uns nach dem 2. Weltkrieg abspielte.

Teils tragische und kaum auszudenkende Szenen spielten sich ab, die wir nur in Bruchteilen von Nachrichten her kennen. Viele Minderjähre sind dabei. Familien werden auseinandergerissen und großes Elend wird mit der Aussicht auf ein besseres Leben in Kauf genommen. Auch hier stellt sich immer wieder die Frage: Wie fühlen sich die einzelnen

Menschen, wenn sie aus ihrer Heimat fliehen müssen? Egal, ob sie ihre Heimat freiwillig oder unfreiwillig verlassen.

Die folgenden Zeilen dieses Buches zeigen 30 Tage zweier Mädchen, die ihre Heimat verlassen mussten. Je 30 Tage, die aus dem Leben gegriffen sind, um so einen Einblick in die Gefühlswelt dieser Menschen zu bekommen. Ein Mädchen berichtet über das Leben und die Vertreibung im Sudetenland 1946. Das andere über die Flucht aus Syrien. Etwas über 5000 Kilometer der Heimat fern ist Aida geflüchtet. Beide beschrieben, was sie fühlen, was sie denken und wie sie trotzdem im Herzen ihre Heimat mittragen.

Die Zeilen laden dazu ein, einen Einblick zu bekommen, was es heißt, die Heimat unfreiwillig zu verlieren und sich in einem fremden Land neu zu finden, teils angenommen, aber teils auch ungerne im neuen Heimatland von den Mitmenschen aufgenommen zu werden. In diesem Buch stehen keine politischen Gegebenheiten, sondern Emotionen, Gefühle und Gedanken im Vordergrund.

Diese Aufzeichnungen geben einen Einblick in das Gefühlsleben Vertriebener/Flüchtlinge und lassen deren Leid erahnen.

„Oh, welch´ Vielfalt und Zauber liegen in dem Wort Heimat."

Martina Giese-Rothe

Kapitel 1*

Aufzeichnungen einer Frau, die mit 6 Jahren in Folge des 2. Weltkriegs ihre Heimat verlassen musste

Edeltraut

Suttom

Tag 1 – Unser Dorf

Die Sonne strahlt und lacht vom Himmel. Heute ist ein herrlicher Tag. Als ich heute Morgen aufstand, sagte meine Mutter zu mir: „Komm, mach dich fertig, ich bringe dich heute rüber nach Suttom zu deiner Oma, du darfst wieder ein paar Tage drüben bei ihr bleiben". Die Freude war riesig darüber, denn es ist so schön bei Oma. Immer abwechselnd durfte ich, oder einer meiner Brüder, zu ihr. Wir sind zu der damaligen Zeit 1946 drei Geschwister, ein älterer Bruder, dann komme ich und danach mein jüngerer Bruder. Langsam machten wir uns auf den Weg. Mir kam es immer ewig lange vor, bis wir durch den Wald zu Oma gelaufen waren. Die Wiesen blühten und standen voll mit Blumen. Es duftete so herrlich nach Honig. Ich trödelte und kam nicht mit, da ich begann Blumen während des Laufens zu pflücken. Da rief auch schon Mutter in strengem Ton: „Draudel, los lauf zu, ich muss heute auch noch zurück."

Es dauerte nicht mehr lange und wir liefen den Weg vom Wald herab am Kohlenberg vorbei. Ich sah schon, wie die großen Jungs am Dorfteich spielten. Dort angekommen blieb ich stehen und schaute zu. Der kräftige Junge drehte sich zu mir um und streckte mir die Zunge raus. „Dicker Blödmann", rief ich und lief schnell das kurze Stück zum Haus meiner Oma. Es war so schön, hier zu sein. Am Hof liefen die Gänse auf und ab und schnatterten so laut, als wollten sie mich begrüßen. Wie immer klatschte ich in die Hände, um sie aufzuscheuchen. Im Haus begrüßte ich Oma. Obwohl sie es nicht aussprach, wusste ich was für mich galt und hörte ihre Worte: „Finger weg vom Puppenhaus." Bei diesem Gedanken musste ich schon lachen.

Tag 2 - Erdbeerfeld

Ganz früh am Morgen weckte mich meine Oma. Es war noch so früh, dass sogar die Hühner noch schliefen. Sie drückte mir ein geschmiertes Brot in die Hand und los ging es zu unserem Acker. Hinter dem Haus holte sie Hacke, Schaufel und Eimer und wir marschierten hinauf zur Kirche. Gleich hinter der Kirche hatten meine Großeltern noch einen Acker, dieser war voll bepflanzt mit Erdbeeren. Ab und zu ging Oma dann hinauf, um zu hacken und Unkraut zu jäten. Von hier oben hatte ich eine super gute Aussicht über das ganze Dorf bis hinunter zum Schloss, das unterhalb davon lag. Als junges Mädchen war meine Oma dort beschäftigt. Ich lief durch die Erdbeerreihen, um zu schauen, ob schon welche reif sind und um sie zu naschen. Doch durfte ich mich dabei nicht von Oma erwischen lassen, sie schimpfte dann immer mit mir. Da hörte ich ein Geräusch von nebenan. Ah, der Herr Pfarrer war auch schon auf. Wo ging er denn hin? Jetzt schon in die Kirche? Schlup, da war er auch schon durch die Sakristeitüre verschwunden. Es dauerte nicht lange und die Kirchglocke war zu hören. Er war so früh auf, um den Morgengruß über das Dorf zu senden. Ja, die Kirchenglocken, wie schön war es, sie wieder zu hören.

Tag 3 – Wolken über Suttom

Der nächste Tag war nicht so sonnig. Während wir Kinder am Dorfteich spielten, zogen dunkle Wolken auf. Ich sah, wie Frau Schenkerova zum Tor lief und meine Oma rief. Sie war immer sehr nett zu mir und hatte immer ein liebes Wort für jeden übrig, auch für mich. Aber an diesem Tag schien sie mich gar nicht zu sehen. Was war los mit ihr? Selbst als Oma kam und ich mich neben sie stellte, schien sie nicht zu merken, dass ich da war. Leider sprachen beide sehr leise und drehten sich immer wieder weg, aber ich bemerkte ihre ernsten Gesichter. So rasch wie Frau Schenkerova gekommen war, ging sie auch wieder. Im Gehen drehte sie sich nochmal um und sagte: „Na, dann bis heute Abend, hoffentlich hast du Unrecht, wir werden es sehen". Unrecht? Bis heute Abend? Was war nur los? Auch als ich mit zurück lief und gleichzeitig mit Frau Schenkerova durch das Tor lief, nahm sie immer noch keine Notiz von mir. Irgendetwas war nicht in Ordnung. Bis heute Abend sagten sie. Na, dann werde ich mal mit Oma mitgehen und aufpassen, was los ist. Hatte es etwa mit den tschechischen Soldaten zu tun, die überall zu sehen waren?

Tag 4 – Geheimes Treffen

Die ganze Nacht habe ich nicht geschlafen. Als Oma am Abend vorher losging, um sich mit den anderen Frauen zu treffen, ging ich wie selbstverständlich mit. Doch Oma wollte mich nicht mitnehmen. Sie schickte mich immer wieder zurück, ich blieb aber hartnäckig und lief hinterher. Leise schlich ich mit in die Schule. Anscheinend waren alle Frauen vom Dorf da. Ich schaute mich total interessiert in der Schule um. Oma und Mutti hatten nämlich schon mit dem Lehrer gesprochen und er hat erlaubt, dass ich in Suttom zur Schule gehen darf. Bald ist es soweit. Nach den großen Sommerferien werde ich hier eingeschult. Ob das hier dann auch mein Klassenzimmer wird? Ich bin ganz gespannt und freue mich schon riesig.

An diesem Abend wurde viel geredet, doch ich musste mir gestehen, dass ich nichts davon verstand. Oft wurde sehr, sehr leise gesprochen und teilweise auch geflüstert, sodass ich manchmal nur Teile von Sätzen verstand. Hörte ich doch so was „nie mehr zu Haus …", „alles furchtbar schrecklich", „nehmt nur mit, was ihr tragen könnt …", … bald geht es los …". Zu diesem Zeitpunkt konnte ich mit diesen Worten nicht anfangen. Später setzte es sich für mich wie ein Puzzle zusammen. Plötzlich packte mich meine Oma am Arm, zerrte mich aus der Schule und wir liefen schweigend nach Hause. Am anderen Tag musste ich zurück nach Hause.

Tag 5 – Aufbruch in der Nacht

Zu Hause herrschte zwei Tage später eine ungewöhnliche Hektik. Meine Mutter weckte meine Brüder und mich mitten in der Nacht. „Kinder, wir müssen dann los", sagte sie zu uns. „Wir müssen dann los", an diesen Satz erinnerte ich mein ganzes Leben lang noch. Sie zog uns an, packte ein paar Sachen, band sie zusammen und hängte sie uns als Rucksack um. Auf unsere Fragen bekamen wir keine Antworten. Auch sie hängte sich einen Rucksack prall gepackt um, in den sie so viel reinstopfte, wie es nur ging. Mutter schob uns zur Türe, dann ging sie noch einmal ganz langsam durch unser Haus, zog Schubladen auf und schaute alles ganz genau durch. „Ich glaube, wir haben das Wichtigste eingepackt", sagte sie schließlich. „Wo ist Vater", fragte mein älterer Bruder. Daraufhin verfinsterte sich ihr Gesicht, sie antwortete nur knapp: „Vielleicht schon vorgegangen". Vorgegangen? Vorgegangen wohin? Was meinte sie? Was war nur los? Danach liefen wir mitten in der Nacht durch den Wald zu meiner Oma, aber nicht wie sonst, wir liefen im Eilschritt. Was hatte das zu bedeuten?

Tag 6 – Vertreibung aus unserem Dorf

Als wir in Suttom ankamen wurde es langsam hell. Am Dorfteich waren, soweit ich es erkennen konnte, alle Dorfbewohner versammelt. Jeder hatte einen Rucksack oder eine Tasche bei sich. So viel, wie er tragen konnte. tschechische Soldaten standen überall und riefen laut. Ich konnte nichts verstehen. Alle waren still. Mutter lief die Straße ein Stückchen mit uns runter, bis wir Oma in der Reihe sahen, sie stand mit Opa ziemlich am Ende der Schlange. „Gott sei Dank seid ihr endlich da, passe auf, dass du mit den Kindern immer bei uns bleibst", sagte Oma leise. Eine endlose Pause folgte. Nach einiger Zeit fragte Oma zu meiner Mutter gebeugt: „Wo ist dein Mann?" „Weiß nicht", war die kurze Antwort. Was war nur los? Warum die vielen Soldaten in unserem Dorf? Ich wusste keine Antwort. Wo war Vater? Eins spürte man ganz deutlich: die Angst, Angst die wir alle hatten.

Tag 7 – Abführen meines Vaters

Ich weiß nicht wie lange wir liefen, ich wusste nur, dass meine Füße mir schrecklich wehtaten. Keiner von uns redete. Plötzlich kamen Männer auf unsere Gruppe zu. Sie schrien, schimpften auf Tschechisch. Als ich mich umdrehte, wurde ich von meiner Mutter sehr unsanft gezogen und nach vorne gedreht. Ich verstand sofort, dass ich schweigend weiterzulaufen habe und traute mich auch nicht mehr, mich umzudrehen. Doch hatte dieser kurze Blick gereicht, um einen dieser Männer zu erkennen: einer von ihnen war mein Vater. Einige Männer, darunter auch mein Opa, versuchten sie zu beruhigen, doch mein Vater schimpfte immer lauter. Ich konnte nicht viel tschechisch, doch ich verstand, dass er die Tschechen beschimpfte. Genau in diesem Moment wurde er abgeführt. Wir liefen weiter. Keiner redete. Wir zitterten vor Angst. Ja, wir waren sogar starr vor Angst.

Tag 8 – Angst trieb uns vorwärts

Wir liefen und liefen, es kam mir unendlich vor. Die Angst trieb uns vorwärts. Gegen Abend schlugen wir unser Lager auf und nächtigten draußen. Obwohl es August und somit Sommer war, haben wir die ganze Nacht gefroren. Mir fiel auf, dass Opa nicht da war. Leise fragte ich meine Oma, wo der denn sei. „Sei still Kind", zischte sie mich an. Ich spürte ihre Angst. Da machten wir uns auch schon fertig zum Weiterlaufen. Im Laufe des Tages stieß Opa mit meinem Vater zu dem Trupp. Oma schaute böse, meiner Mutter liefen die Tränen übers Gesicht und keiner redete. Still schlossen sich beide dem Marsch an. Viel später, nach Jahren erfuhr ich, dass die tschechischen Soldaten meinen Vater nach Theresienstadt gebracht hatten. Da mein Opa schon immer für den Tschechischen Staat arbeitete, die Sprache perfekt beherrschte und einige kannte, ist er losgelaufen und konnte ein Wort einlegen und auf sein Bitten hin durfte mein Opa meinen Vater wieder mitnehmen. Das war für uns alle ein großes Glück, Glück, was wir erst später begriffen. Am Bahnhof angekommen, wurden wir unterschiedlich auf die Züge verteilt. Wir hatten Mühe zusammenzubleiben und in einem Zug unterzukommen. Die Züge waren Viehwagons und die Erwachsenen mussten sich weiße Binden um die Arme anlegen. Die vielen Menschen, weinende Kinder, verletzte Soldaten- es war alles unendlich schrecklich und furchtbar.

Symbolbild

Tag 9 – Reise ins Ungewisse

Hunger – unendlicher Hunger und vor allem was viel schrecklicher war: Durst. Doch es herrschte Trinkverbot wegen Krankheiten und Seuchen. Wir wurden abtransportiert. Keiner wusste wohin. Es war eine Fahrt in's Ungewisse. Eigentlich sollte ich doch in die Schule kommen. Was wird jetzt? Wo werde ich eingeschult? Das Dröhnen des Zuges machte müde. Doch so richtig schlafen konnte keiner, immer war die Angst da. Viele Gedanken kamen mir, aber vor allem wollte ich heim. Heim, heim in das Haus von Oma nach Suttom, zu meiner Puppenstube, zu den Gänsen am Hof, die immerzu schnatterten und zu all den Kindern im Dorf, die ich alle kannte. Wo sie jetzt waren? Danach wusste ich nichts mehr. Ich habe auch nicht mitbekommen, wann wir aus dem Zug ausgestiegen sind. Vor Erschöpfung war ich eingeschlafen und wachte erst wieder auf im Durchgangslager für Vertriebene. Das erste was ich spürte war – Durst.

Tag 10 – Ankunft in Mecklenburg-Vorpommern

Nach und nach sind wir dann aufgeteilt worden und bekamen eine Unterkunft zugewiesen. Mittlerweile sind wir schon viermal umgezogen. Bisher war ich einen Tag in der Schule. Dort wollte ich nicht bleiben. Keiner hat an diesem Tag ein Wort mit mir geredet. Alle starrten mich an. Ich musste auf den hintersten Platz sitzen, ab und zu drehte sich mal ein Kind um, zog eine Grimasse, das war alles. Und meine Zuckertüte? Auf die hatte ich mich so gefreut. Nichts war's. Ich hatte nachmittags den Eindruck, dass auch meine Brüder nichts dagegen hatten, nicht mehr in diese Schule zu gehen. Ihnen hat es anscheinend auch nicht gefallen. Eigentlich müsste ich schon ein ganzes Jahr in die Schule gehen, aber aus einem Jahr wurde bisher nur ein Tag. Keine Einschulung, keine Zuckertüte – was blieb war die Traurigkeit darüber und dass ich nicht in unsere schöne Schule mitten in Suttom gehen würde.

Tag 11 – Schulalltag nach der Vertreibung

Die Zeit verging. Jetzt wohnten wir auf einem Bauernhof in Mecklenburg-Vorpommern. Meine Großeltern wurden nach Rostock zugewiesen. Somit waren wir leider nicht zusammen. Oma hat eine Anstellung im Kindergarten bekommen, mein Opa arbeitete inzwischen an der Werft. Wir sahen uns nie, das war sehr schade, wir Kinder vermissten Oma und Opa sehr. Unser Schulweg war sehr beschwerlich, fast eine Stunde mussten wir bis zur Schule laufen. Im Winter bei Schnee war es noch länger und wir kamen total durchgefroren an. Eine dünne Mütze musste ausreichen, keine Handschuhe, Schuhe, die alles andere waren, als Winterschuhe und obendrein eine Lehrerin, die die strengste der Welt schien. Eines Morgens sitzen wir und warten auf den Schulbeginn, doch die Lehrerin lässt auch sich warten. Die Jungen toben und sind laut. Da geht die Türe auf und der Rektor tritt ein. Sofort saßen alle auf ihren Plätzen und waren still.

„Eure Lehrerin wird nicht mehr kommen. Bleibt ruhig, verhaltet euch still, ich versuche die nächste halbe Stunde eine Vertretung zu schicken. Wehe, es hält sich keiner an meine Anweisung."

Sie kommt nicht mehr? Was heißt das? Da höre ich einen Jungen leise flüstern: „Die ist in den Westen."

Tag 12 - Krank

Auf dem Bauernhof, wo wir untergebracht waren, gab es nicht viel zu essen für uns, obwohl Mutter dort schwer mitarbeiten musste. Oftmals waren es so kleine Portionen, dass wir mit knurrendem Magen ins Bett gingen und morgens mit knurrendem Magen aufwachten. Nicht zwei Brüder habe ich, inzwischen sind es drei Brüder geworden. Für meine Mutter war das so viel Arbeit, dass sie abends nicht mehr nach uns schauen konnte. Mein Vater arbeitete wieder als Lokführer, aber dadurch war er sehr selten zu Hause. Zufällig war er aber an dem Wochenende da, als ich krank war. Mir ging es gar nicht gut. Ich hatte hohes Fieber und eine Geschwulst am Kopf. Meine Mutter tupfte es immer mit Kamille ab. Mein Vater fragte, was denn los sei und schaute sich meinen Kopf an. Ich erschrak unendlich als er laut meine Mutter anschrie. Sofort mussten wir uns anziehen und zu liefen kilometerweit zum nächsten Arzt. Erst fand ich es schlimm, dass Vater meine Mutter so laut anschrie, aber sicherlich war er erschrocken über meinen Kopf und es war mein Glück, dass er an diesem Wochenende zu Hause war. Es war ein riesiger Abszess am Kopf, der Arzt schnitt es auf, es entleerte sich massig Eiter. Danach säuberte er die

Wunde und verpasste mir einen Verband. Das Fieber ging zurück und von Tag zu Tag ging es mir besser.

Tag 13 – Großes Unglück für meinen Bruder

Heute ist der schlimmste Tag seit wir von zu Hause fort mussten. Mutter arbeitete in der Scheune, wir halfen ihr dabei und spielten etwas. Plötzlich schrie mein jüngerer Bruder. Sein Finger hatte sich in der Getreidemaschine verklemmt, er bekam ihn nicht mehr heraus. Überall lief Blut. Meine Mutter schaffte es nicht, die Maschine zu stoppen. Immer mehr wurde die Hand meines Bruders in die Maschine gezogen, Mutter musste sofort handeln, aber was tun? Sie zog an der Hand meines Bruders so heftig und ...dieser schrie unendlich vor Schmerzen, dann war die Hand draußen, aber.....wir konnten es nicht fassen, der Finger war ab. Mutter wickelte auf die Schnelle ein Tuch über die Hand, hob meinen Bruder hoch und rannte so schnell sie konnte. Bis zum nächsten Arzt war es weit. Abends saßen wir alle mit einem Schock um den Tisch herum. Stille, keiner redete. Mutter hat mein Brüderchen am Schoß, drückt ihn fest an sich, Tränen laufen ihr über Gesicht. Mein Bruder hat seinen Finger verloren. Was soll noch alles kommen? Ich fühle mich schlecht, sehr schlecht. Doch wie soll sich erst mein Bruder fühlen? Was ein Unglück.

Tag 14 – Hier bleiben wir nicht

Der Unfall meines Bruders, der Hunger und die plötzliche Versetzung meines Vaters nach Frankfurt/Oder als Zugführer nach Russland war der Grund, dass Vater alle am Tisch sich versammeln ließ und zu uns sagte:

„Hier bleiben wir nicht, wir hauen ab in den Westen."

Er verbot uns streng darüber zu reden. Zu keinem ein Wort oder auch keine Andeutung zu machen, war seine Anweisung. Flucht? Wieder ins Ungewisse? Wieder diese Angst als ständiges Gefühl und Begleiter mit sich zu tragen? Seit einigen Tagen haben wir eine neue Lehrerin. Sie ist sehr nett. Das Lernen macht bei ihr richtig Spaß. Bei ihr verstehe ich den Unterrichtsstoff, ich bin sogar viel besser geworden in der Schule, sie lobt mich sogar, dass ist toll, ein richtig gutes Gefühl, ein Gefühl, was ich schon lange nicht mehr hatte.

Wie wird es dann werden? Wo werde ich dann zur Schule gehen? Wie geht es weiter?

Tag 15 – 1. Fluchtversuch

Vater hat alles vorbereitet. Er hat sich einer Gruppe angeschlossen, die zusammen nachts über die Grenze wollen. Wieder nachts werden wir geweckt, leise aufstehen, die vorher gepackten wenigen Sachen auf den Rücken und los geht es in die Ungewissheit. Kurze Zeit später treffen wir uns mit der Gruppe. Ein gut aussehender Mann erklärt mit ruhiger Stimme und ganz leise, wie wir herlaufen sollen und worauf wir achten müssen. Er selber aber läuft nicht mit uns, sondern eine Frau soll die Führung unserer Gruppe übernehmen. Als der Mann uns verlässt, übernimmt sofort die Frau das Kommando. Sie redet laut und raucht eine Zigarette nach der anderen. Außerdem kommt sie so dicht an meinen Vater heran, redet mit ihm ständig und lacht ihn an. Ich mag sie gar nicht, sie ist mir absolut unsympathisch. Während wir leise im Dunklen losmarschieren, kommen mir Tausend Gedanken. Nach einer Weile fällt mir auf, dass wir ganz anderes laufen, als der Mann es erklärte. Ich hatte genau zugehört, was der gut aussehende Mann sagte. Doch so wie wir liefen, war das genau anders. Was war da los?

Tag 16 – Erwischt

Seit einigen Tagen sitzen wir nun im Auffanglager, es ist ein Lager für alle die auf der Flucht erwischt wurden. Ich war nicht überrascht, als plötzlich auf unserem Marsch Licht anging und wir hörten:

„Volkspolizei, stehen bleiben", alles war merkwürdig daran. Auch, dass die Frau, die uns führte, nicht mit ins Lager musste. Wofür hat Vater ihr so viel Geld gegeben? Sie wurde von uns getrennt und ich beobachtete, dass sie alleine fortlief. Irgendwann durften wir wieder aus dem Lager heraus. Aber was wurde jetzt? Wir warteten auf den Abend. Dann ging Vater mit uns durch viele Gassen. Ich weiß nicht wo wir waren und hatte den Eindruck, durch viele dieser Gassen liefen wir mehrmals. An irgendeinem Haus blieben wir stehen und schauten eine Weile nach allen Seiten, bevor Vater in den Hausflur mit uns trat und nach oben ging. Hier wohnte eine ältere Frau. Wer sie war konnte ich nicht herausfinden, aber sie war nett. Wir mussten uns wieder ganz still verhalten. Sie kochte uns warmen Tee und wir durften auf ihrer Couch bis zum Anbruch des Morgens bleiben. Danach gingen wir los. Vater wollte sich wieder einer Gruppe anschließen und es noch einmal versuchen nachts in den Westen zu gelangen.

Tag 17 – 2. Fluchtversuch

Wieder nachts, wieder eine Gruppe, wo mir nicht alle Menschen sympathisch waren. Wieder wurde uns erklärt, wie wir laufen sollten. Wir liefen los. An einer Stelle mussten wir über eine großen Bach. Wir sprangen alle drüber, nur Mutter nicht. Sie hatte meinen kleinen Bruder am Arm, er war noch nicht mal ein Jahr alt. Die Männer riefen meiner Mutter zu, sie soll das Kind zu ihnen werfen, sie würden es auf jeden Fall auffangen. Ich konnte nichts sehen, Dunkelheit umgab uns. Keine Antwort von meiner Mutter: Stille. Eine Weile war nichts zu hören, dann erkannten wir, wie Mutter durch den Bach lief, meinen Bruder so im Arm, dass er nicht nass wurde. Sie war fast bis zum Bauch im Wasser und total nass. Alles tropfte an ihr, so lief sie weiter mit uns. Wieder liefen wir anders, als wir es erklärt bekommen hatten und wieder kam es mir merkwürdig vor. Ich erinnerte mich ganz genau, dass wir es diesmal identisch zum ersten Mal erklärt bekommen haben und wieder liefen wir so nicht. Auch die ältere Frau in der Wohnung, wo wir die Nacht verbrachten, hatte es Vater anders erklärt. Beide sagten, wir sollten keinesfalls durch das kleine Wäldchen laufen hinter dem Bach. Doch wir waren wieder im Begriff darauf zuzusteuern. Immer wieder zupfte ich Vater am Arm und flüsterte ihm das zu. Er antwortete nicht und reagierte nicht einmal. Doch nach einer Weile sagte er zu dem Gruppenanführer:

„Wir trennen uns. Ich laufe ab hier mit meiner Familie alleine weiter. Ich wünsche euch alles Gute."

Tag 18 – Ist das der Westen?

Wir blieben versteckt am Rande des Waldes, warteten den ganzen Tag ab. Bei Anbruch der Dunkelheit liefen wir weiter. Wir machten einen Bogen um den kleinen Wald, man konnte hören, dass es darin tropfte.

„Was ist das?", fragte ich meinen Vater. Er antwortete „Moor". Wir liefen und liefen, wie schon so oft, es war kalt und stockdunkel. Mutter musste so durchnässt unendlich durchgefroren sein. Plötzlich fiel mein Vater und ich in einen tiefen Graben. Der Schreck war groß, wir verständigten uns mit meiner Mutter und den Brüdern. Sie kamen langsam heruntergerutscht, damit wir alle zusammen waren und den Graben überqueren. Doch was war das? Ein Lichtschein. Ich zupfte Vater am Ärmel, wir sahen einen Grenzsoldaten, der mit der Taschenlampe auf seine Armbanduhr leuchtete. Das bedeutete, wir mussten leise warten. Als wir uns sicher fühlten, liefen wir weiter und wieder kam es mir unendlich vor. Plötzlich eine Männerstimme

„Halt, nicht weiterlaufen, Polizei", doch diesmal sagte er nicht Volkspolizei und hatte eine andere Uniform an. Wir waren im Westen und hatten es geschafft. Ich war erleichtert, dass Vater auf mich gehört hatte, obwohl ich noch nicht so alt war, hatte Vater auf mich gehört, es war unser Glück, dass wir uns von der Gruppe trennten.

Tag 19 – Weiterreise nach Hessen

Irgendwann, ja eigentlich wann, durften wir aus diesem Lager raus und machten uns auf den Weg nach Hessen. Vater musste angeben, ob und wo wir jemanden kennen und dann durften wir bis dahin weiterreisen. Wir fanden keine Bleibe. Es dauerte Tage, bis wir schließlich außerhalb am Lande zu einem Bauern durften, der am Waldrand ein Haus und eine Scheune hatte. Er nahm uns auf und gab uns eine Übernachtungsmöglichkeit am Heuboden. Die Nächte waren eiskalt, wir froren alle sehr. Meine Eltern trugen so viel Heu und Stroh zusammen, wie es nur ging, trotzdem waren die Nächte für uns unerträglich. In der 4. Nacht weinte ich sehr, leise liefen mir die Tränen, niemand meiner Familie sollte es merken. Doch was hörte ich neben mir? Es war das leise Schluchzen meiner Mutter. In diesen Nächten froren wir so sehr, dass wir als Frauen noch lange Jahre Probleme und Entzündungen im Bauchraum hatten und damit kämpfen mussten. Für uns alle ein fruchtbarer Lebensabschnitt. Doch es sollte noch schlimmer kommen.

Tag 20 – Endlich Schule

Nach und nach lebten wir uns ein wenig ein, so gut wie es eben ging. In der Schule kam ich so einigermaßen mit dem Unterrichtsstoff mit. Mir kam zugute, dass in diesem Dorf einige dabei waren, die nicht die Besten waren, sodass der Lehrer öfter Wiederholungen durchnehmen musste. Dadurch konnte ich etwas meine Lücken mit den Versäumnissen füllen. Mir und meinen Geschwistern fiel es schwer, soweit außerhalb vom Dorf zu wohnen. Im Dunkeln versuchten wir meistens zusammen den Weg zurückzulegen bis nach Hause, doch das war nicht immer möglich. Oftmals musste ich alleine den Weg gehen. Auch wenn ich mich noch so sehr eilte, eine dreiviertel Stunde brauchte ich trotzdem. Fürchten? Nein, das war nicht der richte Ausdruck. Angst, manchmal hatte ich ganz große Angst. Es war einfach nicht gut. Bei allen Gelegenheiten im Dorfleben ließ man uns spüren, wie unerwünscht wir waren und dass wir nicht dazugehörten, deshalb hatte ich im Dunklen immer besonders viel Angst. Vielleicht war auch eine Art Vorahnung dabei.

Tag 21 – Abgebrannt

Der Bauer vom Nebenhof erzählte an einem Herbsttag bei der Kartoffelernte meiner Mutter sie solle aufpassen, unser Vermieter wolle uns loswerden. Ganz aufgelöst erzählte sie es am Abend unserem Vater. Er aber tat es als Geschwätz ab, doch wie sehr der Bauer Recht haben sollte, erfuhren wir drei Wochen später in der Nacht. Unsere Katze gab in dieser besagten Nacht keine Ruhe. Erst miaute sie laut, aber dann wurde sie richtig aggressiv, bis mein Vater es leid war und aufstand, um sie nach draußen zu lassen. Doch kaum war er auf, schrie er ganz laut:

„Raus, raus, aufwachen, alle raus, schnell, schnell, so schnell ihr könnt - Feuer, Feuer, Feuer – es brennt!"

Schnell waren wir wach, rannten nach unten, wir konnten uns alle unverletzt retten. Mein Vater versuchte verzweifelt im Alleingang von dem Nebengebäude, wo wir untergebracht waren, etwas zu retten – vergebens. Der Nachbar und der Vermieter schauten von Nebenan unbeeindruckt zu. Das hatte also der Bauer gemeint. Der Katze hatten wir unser Leben zu verdanken. Das Bisschen, was wir bis dahin an

Kleidung und ähnliches hatten, war alles weg und wieder standen wir vor dem Nichts. Wie elend und verzweifelt wir uns in diesem Moment fühlten, sind hier mit Worten nicht zu beschreiben.

Tag 22 – Und wieder „Hier bleiben wir nicht"

„Hier bleiben wir nicht", war der bestimmende Satz, den mein Vater als erstes hervorbrachte. Wieder kauerten wir in der Scheune am Boden in einer Ecke und froren elendig. Mein Vater machte sich mit meinem älteren Bruder auf und sie suchten eine neue Bleibe. Wie lange würden sie brauchen, um etwas zu finden? Wie durch ein Wunder fanden sie in einem anderen Dorf eine Wohnung, die wir jetzt sogar anmieten konnten. Endlich eine Wohnung. Mein Vater fand zudem eine andere Arbeitsstelle, mit der schweren Arbeit im Steinbruch konnte er somit aufhören. Er fand in der großen Stadt 12 km weiter eine Arbeit in der Fabrik. Hier in diesem Dorf konnten wir alle die Schule bis zum Schluss besuchen und nach und nach haben wir uns etwas in das Dorfleben integriert. Man merkte trotzdem, dass wir keine Einheimischen waren, dennoch war es hier besser, als zuvor. Obwohl ich nachts immer noch sehr oft aufschreckte, fühlte ich nicht mehr ganz so viele Ängste in mir. Bei mir wurde es damit auch besser oder eher gesagt, die Zeit drängte es zurück. Anders bei meinem jüngeren Bruder. Er wachte oft schreiend nachts auf. Mutter konnte ihn kaum beruhigen und oftmals hat er dabei vor Angst ins Bett gemacht. Bei ihm kam hinzu, dass er den Verlust seines Fingers noch nicht verarbeitet hatte. Aber darüber wurde niemals – nicht mal ein einziges Mal – geredet. Alles wurde verdrängt und verschwiegen, aber das war keine Hilfe für meinen Bruder.

Tag 23 – Arbeitsanfang

Mittlerweile bin ich 14 Jahre alt, fange in einer Fabrik an zu arbeiten, damit ich Geld verdiene. Ich singe im Kirchenchor die 2. Stimme, es gefällt mir. Was mir nicht gefällt ist, dass der Herr Pfarrer mich immer wieder gegenüber den anderen zurücksetzt. Warum nur? Vielleicht, weil ich nicht vom Dorf bin? Immer wieder kommen mir dieselben Gedanken, dieselben Fragen. Wie wäre es jetzt zu Hause? Würde ich noch die weiterführende Schule besuchen? Hätte ich eine Lehre begonnen? Wäre Marianne, das Nachbarsmädchen, immer noch meine Freundin? Was ist aus ihr geworden? Wo lebt sie heute? Diese und noch ganz viele andere Fragen beschäftigen mich immerzu, kreisen in meinem Kopf herum. Und warum? Weil ich keine Antworten darauf finde! Da ich nicht immer hinten anstehen will, lasse ich dem Herrn Pfarrer ausrichten, dass ich mit dem Singen im Chor aufhöre. Selbst als er nach einiger Zeit nach mir fragt und ausrichten lässt, ich würde fehlen, gehe ich nicht mehr hin. Ich vermisse es, es hat mir Freude bereitet. Warum lässt er ausrichten und fragt nicht selber bei mir an? Aber irgendwo tief in mir merke ich Traurigkeit und Stolz. Am liebsten würde ich allen selber sagen:

„Nein, ich bin auch jemand, genauso wie alle anderen und möchte auch so gleichwertig behandelt werden!"

Doch leider brachte ich es nicht fertig.

Heimat – warum musste ich dich verlassen?

Tag 24 – Erneuter Umzug

„Hier bleiben wir nicht".

Oh nein, nicht schon wieder. Wie oft musste ich diesen Satz in meinem Leben schon hören? Meinem Vater ist der Weg zur Arbeit zu weit. Wir alle zahlen ziemlich viel für unsere Busfahrkarten. Hinzu kommt, dass wir nicht immer pünktlich aus der Arbeit kommen, wir den Bus verpassen und dann die 12 km heimlaufen müssen, im Winter, bei Wind und bei Wetter. Meinem Vater passiert das leider häufig. Irgendwo kann ich es verstehen. Dennoch fällt alleine der Gedanke an einen erneuten Umzug schwer. Hier habe ich eine Freundin gefunden. Was wird aus unserer Freundschaft? Oft treffen wir uns abends mit der Jugend, gehen zum Tanz, zum Dorffest oder ähnliches. Endlich gehöre ich dazu, zumindest ein bisschen. Was wird dann? Wieder Fragen über Fragen. Zu meinen unbeantworteten Fragen, die mich immerzu beschäftigen kommen weitere Fragen dazu. Wieder diese Ungewissheit. Und wieder das komische Frage-Gefühl:

„Was kommt auf mich zu?"

Vielleicht könnte ich auch dieses Gefühl mittlerweile „Resignation" nennen. Oder empfinde und fühle ich doch dabei etwas anderes? Nein, nein, ich bin innerlich soweit, dass ich selber nicht weiß, was ich fühle.

Tag 25 – Traumgedanken Heimat

Heimat, oh meine Heimat.

An manchen Tagen, besonders die, an denen alles schief läuft und nichts gelingen will, an solchen meint man, alles und jeder sei gegen einen. Genau dann fühle ich mich ausgeschlossen und leer, dann vermisse ich dich am meisten. Dann flüchte ich in Gedanken und in meinen Träumen zu dir, da fühle ich mich dir besonders nahe.

In diesen Momenten klettere ich auf den Kahlenberg hinauf, ich laufe zu unserem Erdbeerfeld oder auch mit den anderen Mädchen hinunter zur Schule. In diesen Momenten sehe ich alle Dorfkinder im Winter im Schnee toben und wir fahren mit unseren Schlitten den ganzen Weg bis runter zu Schloss Skalken. Ja, da kann ich sogar in Gedanken alles sehen, alles erkennen, als wäre ich nicht hier, sondern zu Hause in meinem Dorf.

Heimat – dich trage ich immer bei mir.

Tag 26 – Stadtleben

Mittlerweile haben wir uns etwas eingelebt in der Stadt. Der Abschied war nicht ganz so einfach. Schließlich haben wir in diesem Dorf doch ein paar Jahre unseres Lebens verbracht. Einige von ihnen vermisse ich sehr. Aber hier im Städtischen ist das Leben recht angenehm. Es lebt sich hier etwas anonymer, was seine Vorteile hat. Dadurch finde ich so manches einfacher. Außerdem sind hier viele, die ebenfalls ihre Heimat verloren haben und sie verlassen mussten. Einige aus Schlesien, Pommern oder aber auch späterhin die Gastarbeiter. Das war eine bunte Mischung. Viele teilen ihre Erinnerungen mitineinander. Sie teilen so ihren Leidensweg von Krieg und in der Nachkriegszeit von Flucht, Vertreibung und Erniedrigung.

Für mich ist es besser mit dem Weg zur Arbeit und ich muss nicht mehr stundenlag nach Hause laufen, so wie früher, wenn ich den Bus verpasste. An Bequemes gewöhnt sich der Mensch schnell. Inzwischen habe ich auch schon Geld verdient. Ich konnte mir einen neuen Pullover kaufen, einen, den ich mir selber aussuchte und den ich schick fand und Perlonstumpfhosen. Und wie sich das anfühlt, wenn ich es trage – ich kann dieses Gefühl kaum beschreiben – eben einfach nur gut!

Tag 27 – Heimat mit allen Sinnen

Der Herbst naht mal wieder. Überall färben sich die Blätter. Es wird bunt, das sieht so wunderschön aus. Ich habe einen Bäcker in der Stadt gefunden, der leckeren Kuchen backt, so wie zu Hause bei Großmutter. Warum die das können? Na, weil sie selber aus Böhmen kommen. Die Bäckersfrau ist sehr nett, wir unterhalten uns gerne, sogar im selben Dialekt wie zu Hause. Oft schenkt sie mir zu meinem Einkauf noch ein Stücken Kuchen, ein Mohnkuchen – und der schmeckt, wie ein Gedicht – eben wie zu Hause. In diesen Momenten bin ich zu Hause und kann sogar die Heimat schmecken. Jetzt im Herbst sowieso. Ich weiß nicht warum, vielleicht wegen der Erntezeit. Äpfel, Pflaumen und vieles mehr – ja, ich kann meine Heimat riechen und schmecken: mit Buchteln, mit Pflaumenknödeln, mit Golatschen, Dalken und vielem mehr. Ein Mensch besitzt ca. 30.000 Riechzellen, ich kann mit all diesen Riechzellen meine Heimat reichen. Nicht zu vergessen der Braten mit Klößen und Sauerkraut, das darf selbstverständlich nicht fehlen. Wie sagen dann meine Brüder zu mir?

„Die Schaudi isst so gerne Kraudi."

Tag 28 – Ich vermisse Dich

Heimat

Heimat – ich vermisse dich
Heimat – ich fühle dich
Heimat - ich höre oft von dir
Heimat- warum bist so fern?
Heimat – in Gedanken bin ich bei dir
Heimat – oh, geliebte Heimat

Ich trage dich immer bei mir
mein ganzes Leben
und noch im Tode

Tag 29 – Wiedersehen mit Oma und Opa

Wann sehe ich Oma wieder?

Lange ist es her, dass wir uns gesehen haben. Die Erinnerungen sind nahe, aber dennoch verblasst. Oma und Opa haben einen Ausreiseantrag gestellt, sie möchten zu uns in die BRD. Doch dürfen sie ausreisen? Sehen wir uns jemals wieder? Werde ich diesen gewohnten Geruch der Kittelschürze meiner Oma riechen können, der immer eine gewisse Art der Geborgenheit ausgestrahlt hat? Bisher haben Fragen über Fragen meinen Gedanken und mein Leben geprägt. Fragen, auf die es nie Antworten geben wird. Was ist aus all den Leuten geworden, die wir kannten? Leute aus unserem Dorf, aus unserer Umgebung. Sogar von unseren Verwandten haben wir kein Lebenzeichen, keine Informationen, keinen Kontakt.

Wir haben um's Überleben gekämpft, so gut es ging ein neues Leben aufgebaut, geprägt von Verlusten, Verzichten und Zurückstehen. Ja, wir haben überlebt, wir haben uns eine neue Bleibe aufgebaut und das mit all den Narben, die der Krieg uns zurückgelassen hat. Narben, die immer bleiben werden und unserer ganzes Leben bestimmen und prägen.

Tag 30 – Heimat im Herzen

Heimat, ich trage dich im Herzen. Eines Tages werde ich dich wiedersehen.

Immer öfter hört man Wiedergutmachung. Ausgleich, Entschädigung. Doch was soll das bedeuten? Eine materielle Entschädigung kann für eine Hilfe des Wiederaufbaus des neuen Lebens stehen. Aber was ist mit all dem Anderen? Die unendlichen Grausamkeiten, die Morde, Angst und Schrecken, all das Leid und Elend, was den Menschen widerfahren ist, was ist damit? Was ist mit unseren Chancen der beruflichen Bildung? Die eingeschränkten Freiheiten, die persönlichen und beruflichen Lebenswege, die anders verlaufen wären, was ist damit? Auch die gesundheitlichen Spätfolgen, die uns alle treffen werden, die seelischen Narben, die hinterlassen wurden. Ich denke hierbei an den 31. Juli 1945, als in Aussig die Menschen gewalttätig, massenweise in die Elbe gedrängt und ermordet wurden. Sogar Kinderwagen wurden mit hineingestoßen. Was ist mit diesem und all dem anderen unsagbaren Leid? Das war die Zeit der „Wilden Vertreibung" (siehe Anhang 1). Gibt es dafür jemals eine Wiedergutmachung? Einen Ausgleich? Eine

Entschädigung? Was ist mit unserer Würde? Unbeschreibliche Grausamkeiten, die selbst wir, die es mitbekommen haben, nie verarbeiten werden.

Fragen über Fragen.

Antworten auf all diese Fragen werden die Verantwortlichen und die Politik wohl auf immer schuldig bleiben.

Opfer des 2. Weltkrieges.

Hinter dem größten Verbrechen, den Morden und der Menschenverachtung, kommt gleich das Verbrechen der Vertreibung sowie das damit einhergehende Leid durch „Verlust der Heimat".

Immer wieder wird deutlich, dass jede Vertreibung von Menschen aus ihrer Heimat ein Unrecht gegen die Menschenrechte ist.

Heimat, ich trage dich im Herzen. Eines Tages werde ich dich wiedersehen.

Suttom – meine Heimat

Immer wenn ich an Suttom denke oder das Gespräch darauf kommt, fühle ich mein Herz schneller schlagen. Wehmut ergreift meine Seele und unweigerlich falle ich in eine wohl nie endende Traurigkeit. Immer dann entsteht vor meinem geistigen Auge das Bild meines so geliebten Dörfchens Suttom, dem Ort, in dem ich meine unbeschwerteste Zeit, den Großteil meiner Kinderzeit, bei meinen Großeltern verbringen durfte.

Das Dorf wurde 1276 erstmals urkundlich erwähnt. Es liegt am Westhang des Suttomer *Berg*, 505 m (Sutomský vrch) und oberhalb des Kahler Berg, 446 m (tschechisch Holý vrch), im Südwesten des Böhmischen Mittelgebirges.
Wichtigste Sehenswürdigkeit von Suttom ist die weithin sichtbare Kirche Peter und Paul am oberen Ende des Dorfes. Sie wurde zuerst im 14. Jahrhundert erwähnt. Das barocke Erscheinungsbild der Kirche entstand von 1716 bis 1724. Die Erneuerung wird dem Architekten Octavio Broggio zugeschrieben. Octavio war der Sohn des aus Italien zugewanderten Leitmeritzer Baumeisters und Architekten Giulio Broggio. Dieser lebte von 1658 – 1666 im Nachbarort

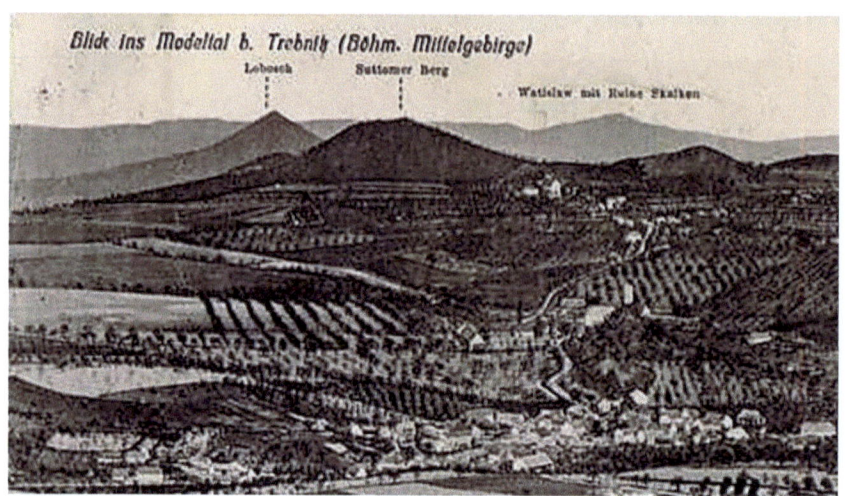

Blick ins Modeltal b. Trebnih (Böhm. Mittelgebirge)

oben

Blick ins Modeltal hin zum
Suttomer Berg, 505 m
(Sutomský vrch)

Rechts

Der hölzerne Glockenturm
der Kirche Peter und Paul.
Er wurde mit Fördermitteln
der EU wieder hergerichtet.

Tschischkowitz. In der Nachfolge seines Vaters wurde
Octavio Broggio Stadt- und Diözesanbaumeister von
Leitmeritz. Die Kirche hat einen hölzernen Glockenturm aus

dem 18. Jahrhundert, welcher im 19. Jahrhundert umgebaut wurde.

Auf einem Felsen in der Nähe von Suttom steht der weit hin sichtbare Bergfried der Burg Skalken (tschechisch Skalka)

Blick auf den Bergfried der Burg Skalken (tschechisch Skalka) von Suttom aus in Richtung WSW

Das Dörfchen ist zu jeder Jahreszeit ein landschaftliches Kleinod. Ein zwar etwas düsteres, aber dennoch reizvolles Bild, "Düsterer Tag" (Suttom bei Leitmeritz in Nordböhmen), ist 1942 von dem bekannten ostdeutschen Künster Otto Dix (1891 - 1969) in Öl auf Holz 81 cm x 100 cm festgehalten worden. Das Bild befindet sich in Regensburg im „Kunstforum Ostdeutsche Galerie".

Suttom liegt sechs Kilometer nordwestlich von Tschischkowitz (auch Cizkowitz; tschechisch Čížkovice) und drei Kilometer nordwestlich von Trebnitz (tschechisch Třebenice).

Im 17. Jahrhundert wurde in Trebnitz ein katholischer Pfarrer eingesetzt, der auch die benachbarte Pfarreien Suttom (bis 1675), Dlaschkowitz (bis 1679), Nedwieditsch mit Milleschau (bis 1669), Wellemin (ca. bis 1766) verwaltete. Die Orte lagen an der Sprachgrenze, so gab es Orte mit mehrheitlich deutschen Einwohnen und Orte mit mehrheitlich tschechischen Einwohnern.

Hier in Trebnitz besteht in der früheren evangelischen Kirche das „Museum der böhmischen Granate" (Muzeum Českého Granátu), das auch den Granatschmuck von Ulrike von Levetzow, der angebeteten und umworbenen letzten Liebe von Johann Wolfgang von Goethe, zeigt.

Suttom (tschechisch Sutom) ist heute einer der neun Ortsteile von Třebenice (deutsch Trebnitz) in Tschechien. Es zählt nur noch 34 Häuser und 45 Einwohner (Stand von 2001).

Im Jahr meiner Geburt in Tschischkowitz hatte Suttom ca. 180 Einwohner registriert (in 1930 waren es 187 Einwohner, 1939 wurden 180 Einwohner gezählt). Es gab eine Volksschule und eine intakte Dorfgemeinschaft zwischen Tschechen und Deutschen.

Suttom ist schon seit der Zeit der Zugehörigkeit zu Österreich-Ungarn dem Landkreis Leitmeritz (heute Okres Litoměřice) zugeordnet. Diese staatliche Zugehörigkeit endete 1919. Damals kam das Sudetenland zur Tschechoslowakei (1919 – 1938). Von 1938 bis 1945 gehörte das Sudetenland zu Deutschland und Suttom zu dem Regierungsbezirk Aussig. 1945, mit dem Ausgang des 2. Weltkrieges, ging das Gebiet wieder an die Tschechoslowakei.

Tschischkowitz – wo meine Wiege stand

Das ist der Ort, in dem mein Elternhaus stand. Hier wurde ich geboren. Es gibt nicht sehr viel, dass mich an diesen Ort bindet, außer vielleicht noch die mir in der Erinnerung haftend gebliebene Pfarrkirche St. Jakobus, erbaut 1675-1677 von Giulio Broggio.

Pfarrkirche St. Jakobus, erbaut 1675–1677

Nicht weit von hier in Suttom lebten meine Großeltern, der Weg dorthin war nicht allzu weit. Wenn man die Feldraine entlang durch den lichten Wald und über ein, zwei Berge hinweg lief, konnte man in annähernd 2 Stunden bis nach Suttom laufen. Tschischkowitz (tschechisch Čížkovice) liegt im Landkreis

Leitmeritz im Böhmischen Mittelgebirge. Das Dorf befindet sich linksseitig der Model (tschechisch Modla).

Die erste urkundliche Erwähnung von Tschischkowitz erfolgte 1276. Der größte Teil des Ortes gehörte zum Besitz des Klosters St. Georg in Prag. Johann Kaplirz zu Sulewicz, dem schon der kleinere herrschaftliche Anteil gehörte, erhielt durch König Sigismund den klösterlichen Anteil nach der Auflösung des Klosters in den Hussitenkriegen als Pfand.

In Tschischkowitz bestanden zwei Vesten. Seit 1389 ist die obere Veste belegbar. Die untere Veste wurde 1529 errichtet. Nach der Schlacht am Weißen Berge wurde der Besitz von Adam Kaplirz zu Sulewicz 1623 konfisziert. Gustav Adolph von Fahrensbach erbte 1655 Tschischkowitz von seiner Mutter Agnes von Pallandt. Er ließ 1658 die untere Veste zu einem Barockschloss umbauen und beauftragte damit den jungen italienischen Baumeister Giulio Broggio. Er ließ sich in Tschischkowitz nieder, hier wurde er 1658 in der örtlichen Kirche getraut. In 1665 vollendete er sein erstes größeres Werk.

Schloss Čížkovice, erbaut 1658–1665 von Giulio Broggio, dient heute als Altersheim

1692 erwarb das Prager St.-Georgs-Kloster erneut die Herrschaft Tschischkowitz und das Schloss wurde zum Sommersitz der Äbtissinnen. 1782 erfolgte die Säkularisation des Klosters. Aus dem Religionsfonds ersteigerte 1819 Joseph von Glasersfeld die Herrschaft für 20.600 Gulden. Nach der Aufhebung der Patrimonialherrschaften wurde Tschischkowitz 1848 zu einer selbstständigen Gemeinde.

Am 22. Oktober 1882 erhielt der Ort mit der Einweihung der Eisenbahnstrecke von Lobositz nach Libochowitz dem ersehnten Bahnanschluss. Am 19. Dezember 1898 wurde die in Tschischkowitz abzweigende Lokalbahn nach Obernitz in Betrieb genommen.

Die gute Verkehrsanbindung und die vorhandenen Bodenschätze führten in dieser Zeit zur Entstehung der heute noch vorhandenen und das Ortsbild prägenden Baustoffindustrie. 1893 entstand ein Kalkwerk und im Jahre 1898 das Zementwerk. Entlang der Bahnhofstraße, die zum ursprünglich einen Kilometer östlich außerhalb des Dorfes gelegenen Bahnhof führte, erweiterte sich die Bebauung nach Osten. Daneben bestand in Tschischkowitz eine traditionsreiche Brauerei, die die Biere Březňák und Kapuziner produzierte und 1937 stillgelegt wurde.

Nach dem Ende des Zweiten Weltkrieges wurde das Schlossgut enteignet. Später wurde darin ein Altersheim einrichtete.

1946 entstand an den Kalkbrüchen ein Arbeitslager für die zur „Abschiebung" internierten Deutschen aus den Orten der Umgebung.

In der Nähe der Gemeinde befindet sich ein Gräberfeld aus der Latènezeit. Darin wurden Reste bronzener Beschläge und von Holzgefäßen gefunden, die auf die Zeit von 500 v. Chr. datiert wurden.

Der Jüdische Friedhof, welcher circa 1800 angelegt wurde, existiert auch heute noch. Auf dem Friedhof sind etwa 20 Grabsteine (Mazevot) erhalten geblieben.

Eine der wohl bekanntesten Persönlichkeiten des Ortes ist Moritz Thausing (1838-1884). Er war ein in seiner Zeit sehr bekannter österreichischer Kunsthistoriker.

Böhmen und das Böhmische Mittelgebirge

„In der ganzen Kette basaltischer Erhebungen, welche sich von den Sudeten quer durch Deutschland bis zur Hohen Eifel hinzieht, stellt das Mittelgebirge das am reichsten entwickelte Glied dar. Seine Klingstein- und Basalthöhen durchlaufen alle Stufen von der niedlichsten Dimension (kaum 10 m hoch) bis zu jener gewaltigen Größe, wie sie uns im Donnersberge entgegentritt; bald begegnen sie uns einzeln, bald in größeren Gruppen, wie eine Kinderschar, die sich um einen stattlichen Vater schart'; außerordentlich mannigfaltig ist ihre Form; bald zeigen sie sich als sanft abgerundete Kuppen, bald als steile Kegel oder schroffe, zinkenartige Spitzen, bald wieder als breite Rücken mit aufgesetztem Gipfel. In dieser Abwechslung liegt hauptsächlich der malerische Reiz der nordböhmischen Landschaften begründet. Derselbe wird aber noch wesentlich erhöht durch das Hinzutreten des romantischen Elementes. ‚Keine Bergform', sagt Cotta, war geeigneter zur Anlage von Ritterburgen und Kapellen, zur Aufstellung von Kreuzen und Heiligenbildern, von denen sie dann vielfach gekrönt ist'."

Dieser Text entstammt einem Reiseführer von 1912

73

Adrian Ludwig Richter , 1837, Überfahrt über die Elbe am Schreckenstein

Insbesondere ein Naturphänomen ist mir seit frühester Jugend vertraut, der Schreckenstein nahe Aussig (eine Industriestadt; tschechisch: Ústí nad Labem).

Steil über dem Fluss thront auf einem Klingstein-Monolithen in 100 m über der Wasseroberfläche die Burgruine Schreckenstein (tschechisch Hrad Střekov). Die romantische Lage der Burg wird etwas durch den Bau der Staustufe und der Doppelschleuse Mitte der 20er bis 30er Jahre des vorigen Jahrhunderts beeinträchtigt. Erwähnt wird die Burg erstmals 1319. Die wunderschöne Lage inspirierten Maler wie Ludwig Richter und Caspar David Friedrich zu ihren Gemälden, Richard Wagner zum „Tannhäuser", Alexander v. Humboldt war ebenfalls zu Besuch. Der Schreckenstein steht unter Denkmalschutz und ist eines der bekanntesten Wahrzeichen von Nordböhmen.

Das einstige Böhmen, Europas Land der Mitte, kann ohne weiteres als ein Begegnungsraum verschiedener Ethnien und als eine kulturelle Schatzkammer angesehen werden. In Böhmen fanden sich all jene, die dichten, schreiben, singen oder philosophieren wollten. In Prag entwarf Thomas Müntzer das Manifest. Sogar der Reformator Luther tätigte einmal den Ausspruch „ich fresse wie ein Böhme und saufe wie ein Deutscher". Das zeugt zumindest von einer größeren Vertrautheit mit diesem Landstrich. Mozart beendete in Prag den „Don Giovanni". Im Böhmischen schrieb Carl Maria von Weber den „Freischütz". In Karlsbad arbeitete Marx am Kapital.

Goethe in Böhmen

Goethe begann 1823 in Marienbad mit dem Schreiben der „Marienbader Elegie". In den Jahren zwischen 1785 und 1823 unternahm Goethe 17 mehrwöchige Reisen nach Böhmen, deren Dauer zusammengerechnet gut drei Jahre ergibt. Zunächst führte ihn sein Weg nach Karlsbad und in dessen nähere Umgebung, später dann nach Teplitz, Franzensbad und Eger. Erst 1821 bis 1823 verbrachte Goethe die Sommer hauptsächlich in Marienbad. Im Sommer 1821 hielt sich Johann Wolfgang von Goethe zu einem Kuraufenthalt im böhmischen Marienbad, damals noch ein junger, aufstrebender Badeort, auf. Er lernte dort die 17jährige Ulrike von Levetzow kennen, die mit ihrer Mutter und ihren beiden jüngeren Schwestern den Sommerurlaub dort verbrachten. Auf der Suche nach Ablenkung von seinen Altersgebrechen und Trost in seiner Einsamkeit war er von der damals 17 Jahre alten Ulrike fasziniert. Im schon fast 72jährigen Goethe erwuchs starke Zuneigung zu dem über 50 Jahre jüngeren Mädchen.

„Du wirst schwer erraten, wer nach Dir als nächster heiraten will. Es ist Goethe, der in Böhmen ein Fräulein liebt. Das Mädchen ist ganz schwärmerisch für den Geheimrat

eingenommen. (...) Ich hoffe, dass Goethe in einem Alter von
74 Jahren nicht so unweise handeln wird."
(Charlotte Schiller im Oktober 1823)

Blind vor Liebe und Leidenschaft ließ er sich zwei Jahre später sogar zu einem Heiratsantrag hinreißen. Sein Freund, Großherzog Carl August von Sachsen-Weimar-Eisenach fungierte als Brautwerber, bat im Auftrag Goethes formell bei Ulrikes Mutter um die Hand ihrer Tochter und bot der Familie ein sorgenfreies Leben an seinem Hofe an. Doch Goethe erhielt eine höfliche Absage durch Ulrike: „Das Fräulein hätte noch gar keine Lust zu heiraten". Diese Absage traf ihn sehr hart. Dieser leidvollen Erfahrung setzte er ein lyrisches Denkmal, ein Klagelied, eine Art Abschied von Leben und Liebe, welches in Goethes Leben immer eine so große Rolle gespielt hatte. Ulrike, Goethes letzte große Liebe, blieb ihr ganzes Leben unverheiratet.

Die zahlreichen Aufenthalte in den böhmischen Bädern dienten Goethe nicht allein zur Förderung seiner Gesundheit. Er nutzte diese Zeit auch, um ungestört seinen eigenen Arbeiten und Interessen nachzugehen und zudem mit interessanten Menschen aus unterschiedlichen Nationen zusammenzutreffen. Ein Blick in die Tagebücher, in denen sich eine verwirrende Fülle von Namen aus dem mitteleuropäischen Adel findet, vermittelt eine Ahnung davon, dass es dem Dichter an Zerstreuung nicht mangelte. Und schließlich lockten ihn die heißen Quellen von Karlsbad, sich wieder seinem alten Steckenpferd hinzugeben: der Geologie. Meist in Begleitung kenntnisreicher Weggenossen aus Böhmen durchstreifte er die hügelige Gegend auf der Suche nach Gesteinsproben. Die Ergebnisse dieser Streifzüge können wir noch heute in Gestalt einer umfangreichen Mineraliensammlung im Goethehaus in Weimar bestaunen.

Böhmen gehörte bis 1918 zur Habsburger Monarchie. Die tschechische Sprache wurde bis dahin als böhmisch bezeichnet. Der erste Weltkrieg und Saint-Germain-en-Laye schufen dann eine neue Realität, die durch die ethnisch fundierte, nationalstaatliche Orientierung der damals neu entstandenen Tschechisch-Slowakischen Republik, mit zur späteren Vertreibung der Deutschen aus dem Sudetenland, zu dem auch meine Heimat gehörte, beitrug. Nach dem Ersten Weltkrieg wurde 1919 in Saint-Germain-en-Laye der Vertrag von Saint-Germain geschlossen, der das Ende der Donaumonarchie besiegelte und die Friedensbestimmungen für die österreichische Reichshälfte regelte.

Kapitel 2*

Aleppo

Aufzeichnungen einer Jugendlichen, die im Alter von 15. Jahren mit ihrer Familie aus der Heimat Syrien flüchtete, um den schlechten Lebensbedingungen und den Folgen des Bürgerkrieges zu entkommen

عائِد

Aida

* Erläuterungen im Anhang

Tag 1 – Ein Leben im Keller

Mein Name ist Aida (عائِد), ich wohne mit meiner Familie in Aleppo, im Ostteil der Stadt. Ich bin zu diesem Zeitpunkt 15 Jahre alt. Unser Leben ist seit fast drei Jahren geprägt, gezeichnet und bestimmt vom Bürgerkrieg. Wir schreiben das Jahr 2014. Die meiste Zeit verbringen wir im Keller. Dort ist es kalt, muffig und vor allem verbringen wir die meiste Zeit im Dunklen. Ich habe drei Geschwister, alles größere Brüder. Zwei von ihnen sind verheiratet und leben in einer anderen Stadt. Hier in Aleppo lebe ich mit meinen Eltern und meinem drittjüngsten Bruder. Seit Wochen gehen wir nicht mehr zur Schule. Sie ist völlig zerstört. Ab und zu haben wir Ersatzunterricht, doch auch dieses Haus ist zerstört worden, sodass wir darauf warten, bald einen anderen Ersatzunterricht zu bekommen. Oft sitze ich im dunklen Keller mit geschlossenen Augen und träume davon, in einer schönen Wohnung zu leben, von tollem Essen und mit Freunden und Verwandten zusammen zu sein. Träume, viele Träume - Träume von einem besseren Leben, doch mein Leben sieht ganz anders aus. Die Realität ist traurig und es scheint, als würde die Lage sich jeden Tag noch verschlechtern.

Tag 2 – Auf dem Weg zur Schule

Heute mache ich mich mit meinem Bruder ganz früh morgens auf den Weg zu unserer alten Schule. Wir haben die Hoffnung, dass wir dort in den Trümmern Schulbücher finden, in denen wir zu Hause lesen und lernen können. Vorsichtig laufen wir durch die Straßen, wir könnten auch sagen wir schleichen uns durch die Trümmer. Überall an den Straßenecken bleiben wir stehen und schauen uns vorsichtig um, bevor wir weiter laufen. Viele Häuser sind nur noch Ruinen. In einigen von diesen Häusern haben Schulkameraden von uns gewohnt, doch sie mussten flüchten. Hier mitten in diesen Trümmern zu wohnen war sehr gefährlich. Anscheinend waren wir nicht die ersten in der Schule, d. h. was von der Schule davon geblieben ist, die nach Schulmaterial suchten. Überall sind Schutthaufen weggeräumt und es macht den Eindruck, dass vieles schon herausgeholt wurde. Mein Bruder hörte von anderen, dass evtl. Rest-Unterrichtsmaterial zu finden sei, deshalb hofften auch wir fündig zu werden. Immerhin machten wir uns mit zwei Büchern gegen Mittag wieder auf den Heimweg. Es war besser als nichts. Wenn wir sie durchgearbeitet haben, können wir sie noch einmal von vorne beginnen.

Tag 3 – Eine zerstörte Stadt

Alles in unserem Land ist anders geworden. Nichts ist mehr so wie es einmal war, so wie wir es kennen. Früher war alles friedlich, wir lebten sogar mit verschiedenen Religionen gut mit- und nebeneinander. An Karfreitag war es sogar Tradition sieben Kirchen in Aleppo zu besuchen. Mit der Kirchenflagge und einem Bild von Jesus wurde um die Kirche gezogen und gefeiert. Das war immer sehr schön, mir hat es große Freude bereitet. Jetzt ist alles anders. Wir können uns nur noch an Erinnerungen festhalten und von den guten Zeiten sprechen. Mittlerweile müssen Soldaten die syrisch-orthodoxe Prozession Ostern schützen. Bomben und Raketen beherrschen hier alles – ja das ist zum Alltag in diesem Teil von Aleppo geworden. Das tägliche Bild von Ost-Aleppo ist geprägt von Krieg, Zerstörung, Angst, Elend, Leid und Not. Wir leben alle hier in ständiger Angst vor den Rebellen. Anfangs hatte mein jüngster Bruder von den Rebellen erzählt und immer wieder gesagt, dass die nicht von hier sind. Keiner von unseren Bekannten und Nachbarn wollte Krieg und Gewalt. Plötzlich waren überall Männer mit Kriegsgeräten. Woher kamen die und woher hatten sie all die Waffen?

Bis zum Beginn des Krieges gab es bei uns keinen Hunger. Man konnte gut von der Arbeit leben. Von meinen Brüdern wusste ich, dass man etwa 200 Euro bis 450 Euro verdienen konnte. Die Miete für unser Haus betrug nur 100 Euro. Das Leben war günstig.

Vater hatte einmal eine Zahnbehandlung, bei der er etwas über 30 Euro zahlen musste. Die gleiche Leistung erfordert in Deutschland weit über 1000 Euro Zuzahlung.

Es ist kaum vorstellbar, dass es in den anderen Gebieten von Aleppo weiterhin ziemlich friedlich zugeht, zumindest wird darüber gemunkelt. Viele hatten es noch geschafft vor der Belagerung durch die Rebellen in andere Gebiete zu flüchten. Traurigkeit überkommt mich, wie so oft, wenn ich darüber nachdenke. Inzwischen gab es für kleinste Vergehen oft schon die Todesstrafe. Wir durften nicht zeigen, dass wir Christen sind. Ich habe Angst.

أمل

Tag 4 – Das Leben im Keller

Wieder sitzen wir im Keller. Das Dröhnen der Flugzeuge und der Granatwerfer nimmt kein Ende. Vater und mein Bruder passen sich Momente ab, in denen sie meinen, dass es gerade ungefährlich ist, um rauszugehen und Lebensmittel zu besorgen. Jedes Mal wenn sie zurück sind, bin ich mit Mutter sehr erleichtert, dass ihnen nicht passiert ist. Der Aufenthalt im Keller ist teilweise sehr unerträglich. Wir teilen ihn mit weiteren 18 Leuten. Darunter ist eine Frau, mit der Mutter sich nicht versteht. Immer wieder kommt es zu Diskussionen. Auch an diesem Abend. Die Frau beschuldigt meine Mutter, sie wäre mit ihrer Matratze zu nahe an ihre gekommen. Es artet diesen Abend sogar zu einem richtigen Streit aus. Mutter wird heftig beschimpft und alle anderen im Keller blicken böse zu uns herüber. Die Männer schalten sich in diesen Streit mit ein, sie versuchen zu schlichten. Vater versucht ruhig zu bleiben, ich merke, dass es ihm schwer fällt. Endlich gibt die Frau Ruhe. Mutter weint die ganze Nacht und ich mit ihr. Es ist für uns alle unerträglich, unsere Nerven sind am Ende.

Tag 5 – Hoffnungslosigkeit

Die nächsten Tage verlaufen nicht anders als sonst auch. Jeden Tag Hoffnung, jeden Tag Enttäuschung, jeden Tag das Gleiche und unsere Situation wird nicht besser. Manchmal fallen stündlich Bomben. Mittlerweile können wir nirgends mehr hingehen, wir fühlen uns eingeschlossen. Mitten in der Nacht wird das Haus neben uns getroffen, es brennt völlig aus. Die Menschen in diesem Haus, die dort Zuflucht gesucht haben, kommen jetzt zu uns in den Keller. Alles sitzt voll, kaum ein freier Platz. Vor Angst sagt keiner ein Wort, doch jeder weiß, so kann es auch nicht weitergehen. Es ist für alle eine unerträgliche Situation, eine Situation voller Angst, voller Sorgen, voller Resignation und vor allem, und das war das Schlimmste, voller Hoffnungslosigkeit. Wir kauern alle zusammen, keiner schläft in dieser Nacht. Die Männer schauen immerzu, dass das Feuer nicht auf unser Haus übergreift. Spüre ich Hunger? Nein, das konnte nicht sein. Dieses Gefühl ist nicht Hunger, es ist Angst.

Tag 6 – Eine schlimme Vermutung

Was für ein guter Tag heute ist. Ich freue mich so sehr. Endlich wird es besser werden. Mein Vater hat uns heute mitgeteilt, dass es für uns bald anders werden wird. Besser, ja viel besser. Das war das Schönste, was ich seit Monaten höre. Endlich wieder in Ruhe schlafen, genug zu essen, vielleicht eine schöne Wohnung. Das hört sich alles so gut an. Ja, ich sehe mich schon wieder in der Schule sitzen, das wäre ein Traum: lesen, schreiben und rechnen. Ich frage meinen Vater, wann es soweit ist. Ganz viele Fragen stelle ich ihm. Wo werden wir wohnen? Vor Freude hüpfe ich auf und ab, rufe meiner Mutter zu, dass wir dann auch wieder meine Brüder sehen werden. Warum schaut mein Bruder mich so an? Freut er sich denn etwa nicht? Ich frage ihn, warum er sich nicht freut, er gibt keine Antwort. Er schaut mich lange an, sein Blick senkt er und schaut auf den Boden. „Was ist mit ihm Mutter?“, frage ich.

Jetzt erst sehe ich, dass Mutter Tränen übers Gesicht laufen. Sicherlich sind es Freudentränen. Ich beruhige beide und versichere ihnen, wenn Vater was verspricht, das hält er auch, ich glaube ihm, schließlich ist er ja mein Vater.

Tag 7 – Tiefe Verletzung und doch Hoffnung

Der darauffolgende Tag ist das Gegenteil von Freude. Ich höre Wortfetzen, die über mich gesprochen werden. Jetzt weiß ich, warum mein Bruder mich so merkwürdig anschaute, jetzt weiß ich warum Mutter weinte. Nein, nein und nochmal nein. Das kann nicht sein. Er ist doch mein Vater. Das kann er mir nicht antun. Wie oft haben wir in der Schule darüber getuschelt, wenn plötzlich am anderen Tag eine unserer Mitschülerinnen nicht zum Unterricht kam und der Lehrer darüber schwieg. Dann hörten wir, dass sie von ihren Eltern eine Zwangsehe eingehen mussten. Nein, nie im Leben dachte ich, dass dies einmal mich treffen würde. Ich fühlte mich immer in meiner Familie geborgen und sicher. Ich hatte darin großes Vertrauen zu meinen Eltern. Soll dieses Vertrauen etwa jetzt missbraucht werden? Soll ich von meinen Eltern, vor allem aber von meinem Vater, so enttäuscht werden? Wie groß diese Enttäuschung wäre, brauche ich wohl nicht zu beschreiben. Es ist, als würde ich jetzt und hier auf der Stelle innerlich zerstört werden. Gerade bin ich 16 Jahre alt geworden. Das werden sie mir doch hoffentlich nicht noch zu allem anderen Leid, was wir durchmachen, antun? Wie durch einen Trance höre ich

Vaters Worte. Ich höre nicht zu, mein Blick geht zu meinem Bruder. Doch diesmal schaut er nicht weg. Er schaut mir ganz fest in die Augen. Das lässt mich hoffen.

أمل

Tag 8 – Mein Bruder, meine Rettung

Viele junge Mädchen müssen dieses Schicksal erleiden. Sie brechen hierfür die Schule ab, um verheiratet zu werden, oftmals sogar als Zweit- oder Drittfrau. Männer, die besser gestellt sind, kaufen sich junge Mädchen und heiraten sie. Zukunftsängste der Eltern führen häufig dazu, sie fühlen sich dazu gezwungen und sehen keinen anderen Ausweg für die Familien. Für den Kaufpreis finanzieren die Eltern damit die Miete oder den Lebensunterhalt. Handelt es sich um eine kinderreiche Familie, sind diese froh, in den schlechten Zeiten sich um ein Kind weniger zu kümmern. Erfahren sie, dass es den Töchtern in den Zwangsehen schlecht ergeht, bereuen sie diesen Schritt, können aber oft nichts dagegen tun. In Ländern wie z. B. Jemen oder Saudi-Arabien werden Mädchen im Alter zwischen 10 und 12 Jahren verheiratet. Das alles gab es bis zum Ausbruch des Krieges nicht. Jetzt versucht jeder nur noch zu überleben.

Ich sitze in einer Ecke, schaue nicht hoch, ich möchte nicht reden. Mir ist sehr elend zumute. Später, als mein Bruder im Keller neben mir sitzt spreche ich ihn darauf an. Seine Antwort ist überraschend.

„Du musst dich verhört haben, so etwas kommt nicht in Frage, nicht in unserer Familie."

Sofort weiß ich, dass Überlegungen wohl da waren, aber würden mir das meine Eltern wirklich antun? Mir ist klar warum und wem ich es zu verdanken habe, dass es doch nur Überlegungen waren.

Ich drücke ganz still und fest die Hand meines Bruders, auch jetzt senkt sich wieder sein Blick bedrückt zu Boden. Er weiß, was ich ihm sagen will.

أمل

Tag 9 – Flucht aus Aleppo

Mitten in der Nacht werde ich geweckt. Was ist los? Wieder ein Bombenangriff?

„Nein", sagt mein Bruder.

„Wir fliehen, wir versuchen nach Griechenland zu fliehen. Ich habe einen Trupp ausfindig gemacht, denen wir uns anschließen, wir werden es einfach versuchen."

Völlig durcheinander und verschlafen frage ich nochmal nach.

„Wir alle, du, ich Vater und Mutter. Komm endlich und zögere jetzt nicht lange, wir haben keine Zeit".

Ich schaue meinen Bruder ängstlich an. Er beruhigt mich und sagt, ich solle ihm vertrauen. Er bittet mich, dass ich seinen Anweisungen folge und vor allem mich still verhalte. Ich nicke und bin bereit für den Aufbruch. Meine Gedanken sind durcheinander, ich kann kaum laufen, ich spüre meine Beine nicht. Ich laufe und laufe und will nur weg von hier. Weg, in eine bessere Zukunft.

Tag 10 – Reise ins Ungewisse

Wie lange wir nun schon laufen, weiß ich nicht. Mir kommt es unendlich vor. Wir sind immer noch auf syrischem Gebiet. Von den anderen Mitlaufenden hören wir, dass die Türkei niemanden mehr über die Grenze lassen möchte. Meine Mutter macht meinem Vater Vorwürfe. Sie ist der Meinung, wir hätten eher aus Aleppo gehen sollen. Ich kann dem Gespräch meiner Eltern kaum folgen, viel zu erschöpft bin ich. Aber trotzdem froh, dass sie sich dafür entschieden haben. Das Gefühl von Durst wird immer größer, oder ist es Hunger? Nein, ich glaube weder Durst noch Hunger. Es muss etwas anderes sein. Wir sind am Ende unserer Kräfte angekommen. Irgendwann, ich weiß aber nicht wann es war, kommen wir in die Region von Asas. Mutter's Beine sind geschwollen und ganz rot. Hier müssen wir warten und dürfen nicht weiter. Die Beine meiner Mutter werden von Tag zu Tag schlimmer. Sicherlich hat sie große Schmerzen, doch sie jammert nicht, sie ist sehr tapfer. Ihr ganzer Zustand verschlimmert sich immer mehr. Mittlerweile haben wir etwas Essen und Trinken bekommen. Auch wenn es wenig ist, immerhin haben sie uns versorgt. Die Nächte sind kalt, wir teilen uns eine Decke.

Tag 11 – Mutter's Bewusstlosigkeit

Mutter tut mir so leid, ihr geht es mittlerweile noch schlechter. Es ist für uns eine schlimme Situation, denn wir sind hilflos. Ich versuche meine Mutter zu trösten und ihr Hoffnung zu machen. Doch ich habe das Gefühl, dass sie mich gar nicht hört. Innerliche große Angst um Mutter überkommt mich. Wo sind eigentlich mein Bruder und mein Vater? Seit Stunden sind sie weg. Das ist nicht gut, dass sie uns so lange alleine lassen. Ich weiß nicht, was ich tun soll. Plötzlich kommen Vater und mein Bruder mit zwei Helfern vom Lager. Sie erzählten mir nachher, dass sie bei den Helfern und den Grenzwachen Hilfe holten. Die Helfer schauen meine Mutter an und versuchen mit ihr zu reden. Doch auch jetzt ist meine Mutter teilnahmslos. Sie wenden sich an Vater und meinen Bruder und reden mit ihnen. Ich verstehe nicht alles. Mein Bruder und Vater nehmen jetzt meine Mutter unter die Arme und laufen mit ihr weg. Mein Bruder ruft mir zu, dass ich folgen soll. Aufgrund des schlechten Zustandes meiner Mutter durften wir nach tagelanger Warterei als Ausnahme über die Grenze in die Türkei.

Tag 12 – Ankunft in der Türkei

Jetzt sind wir in der Türkei. Wir kommen nach Islahiye und bekommen dort eine Unterkunft in einem Zelt zugewiesen. Zum Essen müssen wir uns in einer Schlange anstellen. Mutter ist nicht bei uns. Sie ist in ein Krankenhaus gekommen und wird dort versorgt. Ich bin froh darüber, auch wenn ich nicht zu ihr darf, ist es besser so für sie, denn sie brauchte dringend ärztliche Hilfe. Diese bekommt sie jetzt. Hier im Camp stehen die Zelte dicht an dicht. Kinder schreien und weinen. Ich fühle mich alleine und vermisse meine Mutter. Hoffentlich geht es ihr bald besser und sie darf zu uns. Schnell war uns bewusst geworden, dass wir es dem schlechten Zustand von meiner Mutter verdankten, dass wir über die Grenze durften. Ihr Zustand war wirklich sehr kritisch, das haben die Helfer erkannt und uns durchgehen lassen. Mein Vater sagte mir, dass er und mein Bruder beschlossen hatten, falls dies nicht klappte, wären wir am gleichen Tag zurückgegangen, um in der nächst gelegenen Stadt Hilfe zu bekommen. Jetzt sind wir hier. Aber wie wird es jetzt mit uns weitergehen?

Tag 13 – Mutter darf zu uns

Genau elf Tage später ist Mutter endlich wieder bei uns. Die Freude ist groß, sie wieder in die Arme zu schließen und sie bei uns zu haben. Trotz der Gewissheit, dass sie versorgt wurde, war immer ein bisschen Unwohlsein und Angst dabei. Mutter berichtet uns, wie es ihr in der Zwischenzeit ergangen ist. Zuerst wäre es ihr noch schlechter gegangen, aber nachdem sie Infusionen und entsprechende Medikamente bekommen habe, ging es dann schließlich aufwärts. Das Krankenhaus wäre total überfüllt. Teilweise wissen sie dort nicht mehr, wo sie noch die vielen Menschen unterbringen sollen. Wir sind alle glücklich, dass es Mutter so gut überstanden hat und das wir wieder alle beisammen sind. Obwohl es meiner Mutter auf dem Weg hier her sehr schlecht ging und sie im Krankenhaus versorgt werden musste, sagt sie uns, dass sie froh darüber ist, hier im Lager in der Türkei zu sein. Hier würde sie sich sicherer fühlen, denn es wäre kaum noch im Keller in Aleppo auszuhalten gewesen. Ich verstehe sie sehr gut, schließlich hatte sie dort unangenehme Auseinandersetzungen mit den anderen Frauen und durch den letzten Bombenangriff war der Keller einfach nur überfüllt.

أمل

Tag 14 – Leben im Lager

Nun sind schon Wochen vergangen. Wochen? Nein, ich glaube es sind schon Monate und noch viel mehr. Hier im Camp fehlt es an allem. Wir gehen in eine für das Camp eingerichtete Schule, aber es ist alles nur notdürftig eingerichtet und lernen können wir auch nicht richtig. Es fehlt an Lehrern und an Unterrichtsmaterial. Trotzdem finde ich es besser, als vorher. Dadurch haben wir einen geregelten Tagesablauf und der Aufenthalt hier im Camp wird dadurch erträglicher. Oftmals reden wir abends ganz leise darüber, wie wir von hier raus kommen, doch leider ist nicht eine Möglichkeit dabei, diese in die Tat umzusetzen. Wir hören von anderen, dass sie einfach loslaufen, um eine Chance zu haben. Doch das ist wegen Mutter völlig ausgeschlossen. Wiederum sind es auch einige hier im Camp leid und kehren um, machen sich auf den Weg zurück nach Syrien. Auch das kommt nicht in Frage für uns, wir sind fest entschlossen weiter nach Europa zu fliehen. Dort soll es angeblich den Menschen viel besser gehen. Ich will auch endlich ein besseres Leben. Nicht nur im Keller im Dunklen sitzen.

Tag 15 – Der Plan zur Flucht

Nun ist es soweit. Wir haben einen Plan ausgearbeitet, wie es endlich weitergehen soll. Vater und mein Bruder haben, wie schon zuvor, Männer ausfindig gemacht, die uns nach Griechenland bringen sollen. Ich habe mitgehört, dass Vater viel Geld dafür bezahlen muss, doch ich darf nicht fragen, wo er das Geld herbekommt und was es kostet. Einmal fing ich an zu fragen, da sagte Vater, ich solle ganz still sein, nichts fragen und vor allem zu niemanden ein Wort davon sagen. Später erfuhr ich, dass Vater 2000 Euro für uns zahlte. Vater und Mutter bleiben im Camp. Wenn wir durchkommen, werden wir sie nachholen. Falls sie in der Zeit weiterreisen dürfen, hat Vater und mein Bruder genaue Absprachen getroffen, wie wir uns wiederfinden. Ich durfte nicht alles wissen. Für Mutter war es besser hier im Camp zu bleiben wegen ihres Gesundheitszustandes. So eine Strapaze würde sie mit ihren Beinen nicht noch einmal überstehen. Mich lässt es nicht los, wo Vater das Geld hernimmt, um die Flucht mit den Schleppern für mich und meinem Bruder zu bezahlen.

Tag 16 – 1. Fluchtversuch

Nachts geht es los. Angst überkommt mich. Wir fahren jetzt auf einen Parkplatz. Hier steigen wir aus. Zögerlich werden wir einzeln aus dem Auto gelassen. Mein Bruder reagiert sofort, zieht mich mit aus dem Auto und sagt, dass ich bei ihm bleibe. Viele Schlepperbanden beherrschen und arbeiten mit Prostitution. Davon haben wir schon oft gehört. Mich überkommt so große Angst, dass sich ganz steif werde und kaum etwas anderes mitbekomme. Mein Bruder zieht mich immer weiter mit. Dann bekommen wir Schwimmwesten an und einige Anweisungen, wie wir uns zu verhalten haben. Wir gehen auf ein Boot. Ja, es ist ein relativ kleines Boot. So klein hätten wir es uns nicht vorgestellt. Ein Schlauchboot. Noch ist es dunkel. Ich kann nicht erkennen wer und wie viele Menschen mit auf dem Boot sind. Es geht los. Kälte ist das Nächste was wir alle spüren. Kälte und Nässe. Doch davor gibt es jetzt keinen Schutz und vor allem kein Zurück mehr.

Tag 17 - Gescheitert

Während der Fahrt teilt uns einer der Schlepper noch Trillerpfeifen aus, damit wir in Gefahr auf uns aufmerksam machen können. Sie reichen nicht für alle. Wie weit hört man sie am Meer? Mein Bruder und ich bekommen eine zusammen. Stille bricht über das Boot herein, jedem Einzelnen merkt man die Angst deutlich an. Lesbos, die drittgrößte Insel Griechenlands ist unser Ziel, das sagen uns die Männer. Doch letztendlich wissen wir es nicht genau. Wir sind ihnen ganz und gar ausgeliefert. Wir fahren im Dunklen, weit und breit ist kein Licht zu sehen. Wasser, ich spüre die Kälte und das Wasser an meiner Haut und merke, dass es anfängt zu regnen. Die Wellen werden höher. Langsam, aber sehr verschwommen sehen wir Lichter. Sollten wir es wirklich schaffen? Wo werden wir an die Insel heranfahren? Viele Fragen, Ängste und auch Hoffnung in mir. Der Motor des Bootes geht aus, damit wir leise und unbemerkt zur Insel treiben. Plötzlich leuchten Lichter auf uns, laute Rufe von der Küstenwache. Der Motor des Bootes springt an, wir wenden stark, eine große Welle erfasst uns und schwappt auf das Boot, ich falle nach vorne, schreie auf, in diesem Moment hält mich eine starke Hand und zieht mich zurück in das Boot.

Tag 18 – Zurück im Camp

Wir sind zurück im Camp. Unser Fluchtversuch ist gescheitert. Traurig sitzen wir mit Vater, Mutter und meinem Bruder im Zelt. Es hat sich unserer gescheiterter Fluchtversuch herumgesprochen. Einige machen uns Mut, andere raten ab, es nochmal zu versuchen. Doch klar ist, dass die Bleibe hier Camp jetzt für uns an einen Punkt gekommen ist, der nicht weitergeht. Hoffen tun wir schon zu lange, wir sind auf uns selber angewiesen. Mein Bruder erzählte, dass er den Eindruck hatte, dass die Schlepper mich im Auto lassen wollten. Mir ist es unangenehm und peinlich. Obwohl ich nichts dafür kann, schäme ich mich. Tränen laufen mir übers Gesicht, meine Mutter nimmt mich tröstend in den Arm, als wollte sie mich nachträglich noch beschützen. Wir fragen uns alle:

„Wann hat endlich diese schlimme Zeit ein Ende?"

Voller Zuversicht verkündet mein Vater:

„Wir geben nicht auf."

أمل

Tag 19 – Ein neuer Plan

Wir planen neu, nehmen abermals Kontakt mit den Schleusern auf. Diesmal wollen wir mit mehreren aus dem Camp und den direkten Zeltnachbarn es wagen. Jeder bringt seine Erfahrungen in die Planung mit ein. Erfahrungen aus gescheiterten Fluchtversuchen, aus gesammelten Informationen usw. Einerseits bin ich froh darüber, dass wir diesmal mit Bekannten zusammen uns auf diesen ungewissen Weg begeben wollen, da fühle ich mich etwas sicherer. Doch wenn ich an unseren gescheiterten Fluchtversuch denke, wird mir übel vor Angst. Sicher ist jedoch, hier können wir nicht bleiben, wir müssen es noch einmal versuchen. Leere überkommt mich. Was wird die Zukunft bringen. Eine Frage, die ich immer wieder stelle. Immer wieder und immer wieder, doch keine Antwort seit Jahren. Geistesabwesend schaue ich in die Leere.

Tag 20 - 2. Fluchtversuch

Wieder ging es nachts los. Vieles kannten wir vom vorhergehenden gescheiterten Versuch. Trotzdem habe ich dieselbe Angst, wie beim ersten Mal. Die Männer an Bord erzählen uns von den letzten Booten, die untergegangen sind mit vielen Toten. Also hat es doch gestimmt, dass so viele Menschen die Flucht nicht überstanden haben. Ich wollte es nie glauben. Diesmal sind wir mit ca. 30 Menschen auf einem großen schwarzen Schlauchboot. Dicht an dicht sitzen wir. Eigentlich ist es eher ein gedrängtes Hocken, das Boot ist überfüllt. Die am Rande sitzen müssen aufpassen, dass sie nicht ins Wasser kommen. Diesmal wissen wir gar nicht, was die Schlepper ansteuern wollen. Lesbos? Oder Kos? Angeblich wären es nur 20 km, die wir auf dem Meer zurücklegen müssen. Ich frage nichts. Auf dem Boot sind hauptsächlich Männer. Viele scheinen nicht aus Syrien zu sein. Ihre Sprache hat nichts den mir vertrauten Klang des syrischen Arabisch gemein. Woher die wohl sind? Ich habe ein ganz mulmiges Gefühl. Ich halte mich zurück, damit ich nicht auffalle.

Tag 21 – In Seenot

Unser Boot gerät in Seenot. In der Morgendämmerung kurz
vor der Küste wird unsere Vorahnung wahr. Wir kentern.
Irgendwie hat es wohl ein Loch vorne im Boot gegeben und
Wasser kommt ins Innere. Vermutlich durch die Überfüllung.
Nach dem ersten Schrecken folgt die Panik. Wir versuchen
alle durch Rudern am äußeren Rand Richtung Küste zu
kommen. Die ausgeteilten Pfeifen werden so laut gepfiffen,
dass es Schmerzen in den Ohren bereitet. Doch
anscheinend wurde es von der Küstenwache gehört. Ein
Motorboot ist plötzlich neben uns, wirft uns ein Seil zu, wir
werden ein Stück weiter Richtung Küste gezogen. Immer
näher kommen wir in Richtung Land. Hoffnung kommt auf,
zu überleben. Noch nie in meinem Leben verspürte ich
solche Todesangst. Männer springen jetzt vom Boot, sie
haben schon Grund unter den Füssen und ziehen uns
vorwärts. Sobald es geht, springen wir alle vom Boot.
Triefend nass erreichen wir den Strand. Ich schaue mich um,
mein Bruder ist neben mir. Wir haben alle überlebt. Ich bin
erleichtert. Jetzt sind Küstenwache und Helfer da, sie rufen
uns zu, ich verstehe nichts. Doch eins verstehe ich: wir haben
es geschafft.

Tag 22 – Krank in Griechenland

Jetzt sind wir schon Monate in Griechenland im Lager. Hier sind wir wieder in einem Zelt untergebracht. Regen und Kälte herrscht, die Zelte sind unbeheizt. Nachts ist es kaum erträglich, schlafen ist aufgrund der Kälte völlig ausgeschlossen. Ich empfinde hier das Lager noch schlimmer, als das in der Türkei. Viele Menschen haben hier gesundheitliche Probleme. Auch wir bleiben nicht verschont. Halsschmerzen, Schnupfen, Husten und Fieber geht reihum. Keine Medikamente, wir fühlen uns sehr krank. Doch irgendwie haben wir durchgehalten und es geschafft. Meine Mutter fehlt mir so sehr, hat sie sich doch immer so liebevoll um uns gekümmert, wenn einer von uns in der Familie krank war. Nie hätte ich gedacht, dass die Trennung von meinen Eltern mir so wehtun würde. Wie es ihnen wohl geht? Oft denke ich an sie und spüre, dass auch sie an uns denken.

أمل

Tag 23 – Ziel Deutschland

Endlich geht es geht weiter. Immer ein Stück, immer weiter Richtung Mitteleuropa. Nun haben wir uns entschieden, wo wir hin möchten: nach Deutschland. Wir haben gehört, dass sie dort viele Geflüchtete aufnehmen und es den Menschen dort gut geht. Immer wieder laufen wir ein Stück weiter von Lager zu Lager. Kaum Essen, kaum Trinken, keine Waschgelegenheit, nachts bittere Kälte. Teilweise sind wir so erschöpft, dass es uns sogar egal wäre, wie es mit uns weitergeht. Ich fühle mich leer, so leer, dass ich kaum denken kann. Nie hätte ich gedacht, dass es so etwas gibt. Nur ist es schon ein Dauerzustand meines Lebens. Keinen Alltag, keine Schule, einfach nichts, was zu einem normalen Leben dazu gehört und um als normales Kind groß zu werden, auf das Erwachsensein vorbereitet zu werden. Nichts wünsche ich mir mehr, als in Frieden aufzuwachsen und ein normales Leben zu führen. Trotz der Strapazen und der völligen Erschöpfung geben wir nicht die Hoffnung auf, ein besseres Leben zu haben und kämpfen uns weiter durch.

أَمَل

Tag 24 - Unsicherheit

Feuerpause in Aleppo. Manche Mitflüchtende sind irritiert. Wäre es besser umzudrehen? Sicherlich wissen wir nicht, was uns erwartet, aber die Männer unter uns haben schon Recht, sie zweifeln an, dass die Feuerpause eingehalten wird und es keine Chance für unser Land darstellt. Ich kann die Verzweiflung aller verstehen. Auch ich verspüre Verzweiflung und Angst. Immer noch Angst vor dem Ungewissen der Zukunft. Was erwartet uns? Wir wissen es nicht. Wir wissen aber mittlerweile, dass die Menschen in den deutschsprachigen Ländern protestieren und auf die Straße gehen, weil sie uns nicht in ihrem Land wollen. Teilweise hören wir von Grenzen, die abgesperrt worden sind. Ein neues Gefühl kommt hinzu. Wir spüren schon auf dem Weg in das neue Land Ablehnung. Was wird werden, wenn wir jetzt schon wissen, dass wir unerwünscht sind? Mein Bruder sagt, dass es ihm jetzt erst mal egal ist, dass es für uns wichtig ist in Sicherheit zu kommen, eine Bleibe zu finden und unsere Eltern nachzuholen. Das andere wird sich dann geben, meint er. Mit Mut schaut er voraus und erklärt, dass wir Kämpfen mittlerweile gewohnt sind, er ist sich sicher, wir werden das schaffen. Ja, er hat Recht. Mit diesen Worten macht er mir Mut wieder nach vorne zu schauen und nicht zu resignieren.

أمل

Tag 25 – Endlich ein Bett

Deutschland, wir sind endlich nach langer Zeit in Deutschland angekommen. Als erstes kommen wir in ein Durchgangslager. Hier werden wir untersucht. Nun sollen wir aber getrennt werden. Nein, ohne meinen Bruder kann ich mir nicht vorstellen irgendwo alleine hier in der Fremde zu sein. Doch bevor ich reagieren kann, gibt mein Bruder andere Geburtsdaten an. Wir haben so viel in den Wochen und auch in den letzten Jahren mitgemacht, dass uns jetzt auch so was egal ist. So können wir zusammenbleiben und kommen gemeinsam in eine Flüchtlingsersteinrichtung. Alles ist neu und ungewohnt. Trotzdem tut es gut in einem Bett schlafen zu können, in diesem Bett liege ich richtig gut. Es gibt eine Nasszelle mit guter Waschgelegenheit und wir bekommen Essen und Trinken. Das hört sich jetzt komisch an, da es die Grundbedürfnisse eines jeden Menschen sind, aber für uns war das die letzte Zeit nicht selbstverständlich und wissen es jetzt zu schätzen. Mir gefällt am meisten, dass ich keine Flugzeuge mehr höre, ich kann es kaum glauben, keine Angst mehr haben zu müssen, dass Flugzeuge Bomben abwerfen oder Raketen einschlagen.

Tag 26 - Fremdenfeindlichkeit

Ablehnung und Fremdenfeindlichkeit müssen wir erleben. Aber auch viel Hilfsbereitschaft und Freundlichkeit kommt uns entgegen. Ich finde es enorm und kann es nur besonders betonen, was einerseits für uns und unsere Integration getan wird. Erst einmal sollen wir die deutsche Sprache lernen, das fällt nicht leicht. Am Anfang kam ich gar nicht klar. Aber nach und nach komme ich gut in die Sprache hinein. Mit dem „ch" und „sch" tue ich mir schwer, doch als die Lehrerin erklärt, dass damit alle Schwierigkeiten haben, fällt es mir plötzlich leichter. Nach ca. einem halben Jahr kann ich die Sprache so gut, dass ich in die normale Regelklasse wechseln kann. Es bereitet mir große Freude am Unterricht teilzunehmen. Zu Hause habe ich immer davon geträumt wieder in so eine Schule gehen zu können. Auch haben wir mittlerweile viele Kontakte mit anderen aufbauen können. Wenn ich mich mit den jetzigen Freundinnen treffe, muss ich automatisch an zu Hause denken. Wo sind alle abgeblieben? Sind alle weg von Aleppo? Oder sind einige noch zu Hause? Wie wird es wohl in der Zwischenzeit zu Hause aussehen?

Tag 27 - Familienzusammenkunft

Lange hat es gedauert. Aber wir haben es geschafft. Nachdem wir uns einigermaßen in Deutschland eingelebt hatten, haben wir uns bemüht unsere Eltern nachzuholen. Lange brauchten wir, um herauszubekommen, wo sie sich zu diesem Zeitpunkt aufhielten. Danach waren viele Gänge am Amt notwendig. Teilweise waren wir hoffnungslos und verzweifelt. Unsere Eltern fehlten uns sehr. Jeden Tag, den wir voneinander getrennt waren, wuchs der Trennungsschmerz. Hinzu kam, dass wir Angst um sie hatten, denn schließlich wussten wir nichts Genaues und mussten mit allem rechnen. Trotz der vielen Schwierigkeiten gab es viele hilfsbereite Menschen, die uns verstanden, mitfühlten, sich einsetzten und uns zur Seite standen. Sie alle haben uns geholfen. Diesen Menschen werden wir immer dankbar sein, sie an unserer Seite gehabt zu haben, ohne ihren Beistand hätten wir es nicht geschafft, schon gar nicht in diesem Zeitrahmen. Das Gefühl wieder zusammen zu sein ist einfach unbeschreiblich und das Gefühl des Glückes riesengroß.

Tag 28 – Der Blick nach vorne

Jetzt sind die Grenzen dicht. Niemanden wollen sie mehr durchlassen. Wir sind froh, dass wir in Sicherheit sind. Meinen Eltern fällt es gar nicht leicht in diesem fremden Land zu sein. Alles ist anders. Sogar die Gerüche, einfach alles. Ich glaube nicht, dass sie diese Sprache erlernen werden. Dennoch sind sie froh, nicht mehr im Bombenhagel in ständiger Angst leben zu müssen. Mutter ist hier in Deutschland noch einmal gut medizinisch versorgt worden. Ihr Zustand und der ihrer Beine sind viel besser. Sie sagt, sie würde kaum noch etwas merken oder Schmerzen haben. Darüber freuen wir uns. Manchmal denke ich noch darüber nach, wie es wohl gewesen wäre, wenn wir in Aleppo geblieben wären. Dann verwerfe ich schnell diese Gedanken. Es ist dort immer noch Krieg. Ich will nach vorne schauen. Viel habe ich meinem Bruder zu verdanken, ich werde es nie vergessen und auch immer für ihn da sein.

Tag 29 – Gedanken über Geflüchtete

Mit vielen anderen Menschen teilen wir das Schicksal unsere Heimat verloren zu haben. Die Menschen, die uns mit ihrer Fremdenfeindlichkeit begegnen, können uns nicht verstehen, da sie selber nie in diese Situation gekommen sind. Auch sie würden anders denken, wären sie selber betroffen. Wir alle haben unsere Heimat geliebt und tun dies immer noch. Das wird sich auch nie ändern. Aber wann wird sich die Lage in unserem Land ändern? Laut den offiziellen Angaben sind mit dem Stand März 2016 rund 4,8 Millionen Menschen seit Beginn des Bürgerkrieses 2011 aus Syrien geflüchtet. Zirka fünf Prozent davon leben in der Bundesrepublik Deutschland. Die meisten Flüchtlinge befinden sich in den Nachbarstaaten, die unmittelbar an Syrien grenzen: Libanon, Jordanien, Türkei und Ägypten. Für uns gilt eine befristete Aufenthaltsgenehmigung. Auch wenn wir hier Schutz vor dem Krieg in unserem Land bekommen haben, verspüren wir eine gewisse Befremdlichkeit. Der Verlust unserer Heimat kann eben niemand ersetzen.

Tag 30 – Heimat, ich werde dich wiedersehen

Von unserer Schule aus machen wir eine Fahrt nach Hamburg. Anfangs war es nicht ganz klar, ob ich mitfahren kann. Doch die Lehrer regelten das Finanzielle und so konnte ich mitfahren, worüber ich mich sehr freue. Im Hafen von Hamburg gibt es viel zu sehen. Zufällig auch das Schiff „Aida". Es trägt meinen Namen. Darüber bin ich einerseits erstaunt, andererseits erfreut. Im arabischen bedeutet das „Rückkehrerin". Oftmals gehen mir viele Gedanken durch den Kopf, vieles worauf ich keine Antwort weiß und es auch keine Antworten gibt. In der Schule komme ich gut mit. Ich habe es mir zum Ziel gemacht nach meinem Schulabschluss zu studieren. Somit habe ich hier in Deutschland eine Zukunftsperspektive.

Außerdem beschäftigt mich immerzu dieselbe Frage: „Werde ich jemals in meinem Leben in meine Heimat zurückkehren? Werde ich sie irgendwann wiedersehen?" Das Schiff hier im Hafen gibt mir Mut. Ja, irgendwann werde ich meine Heimat wiedersehen, irgendwann komme ich zurück.

Heimat – irgendwann in meinem Leben sehe ich dich wieder – bis dahin halte ich dich ganz fest meinem Herzen.

Aleppo – geschundene Stadt – geliebte Heimat

Ich glaube, dass es nur schwer möglich ist meinen Gefühlen
Ausdruck zu verleihen, wenn wieder einmal von Aleppo
berichtet wird, oder ich im Bekanntenkreis über mein Leben
vor und während des Krieges spreche.

Für mich ist es die schönste Stadt der Welt, in dem Wissen,
dass dies natürlich immer im Auge des Betrachters liegt.
Hier, im Osten dieser großen Stadt wurde ich in einer der
verwinkelten Gassen, fast am Stadtrand, hin zu den grünen,
fruchtbaren Niederungen, geboren. Ich kann mich an meine
wohlbehütete Kindheit immer noch lebhaft erinnern. Alle
Nachbarn suchten das Miteinander. Neid und Missgunst
hatten Seltenheit.

Es machte Spaß die Straßen zu durchstreifen, manchmal bis
hinein in die Altstadt. Dort vermeinte ich die Geschichten aus
1001 Nacht leise zugeraunt zu bekommen. Ja, ich liebe
Märchen, besonders die aus der Märchensammlung von
1001 Nacht. Schon früh haben diese mein Interesse an
unserer orientalisch geprägten Kultur geweckt. Das stand für
mich nie im Gegensatz zu dem christlichen Glauben, in dem
ich in meiner Familie erzogen worden bin.

Ein wirklich interessanter Fakt bezüglich der Fassung der
orientalischen Märchensammlung aus 1001 Nacht vom

117

französischen Orientalisten Antoine Galland ist der, dass Galland seiner Übersetzung einige in seinen arabischen Vorlagen nicht vorhandene Geschichten hinzufügte, z. B. „Aladin und die Wunderlampe" und „Ali Baba und die 40 Räuber", die er 1709 in Paris von Hanna Diyab, einem aus Syrien stammenden Märchenerzähler, gehört hat. Hanna Diyab ist ein aus meiner Heimatstadt Aleppo stammender maronitischer Christ, der mit einem französischen Händler nach Paris reiste.

Seit dem Beginn des Krieges in Syrien im Jahr 2011 ging die Zahl der Christen spürbar zurück. Als der „Bürgerkrieg" begann, machten die Christen knapp zehn Prozent der 22 Millionen Einwohner zählenden Bevölkerung aus. Inzwischen haben etwa 33 % bis 50 % von ihnen das Land verlassen (nach Angaben von christlichen Hilfswerken). Als wir fliehen mussten waren viele Christen im Norden und Osten um die Stadt Aleppo herum aufgrund des Vorrückens der Terrormilizen Islamischer Staat, auch Daesch genannt, weiterhin gezwungen zu fliehen, wollten sie nicht getötet werden. Die Stadt Aleppo war vom Sommer 2012 bis Dezember 2016 umkämpft. Seit dem 22. Dezember 2016 wird die Stadt von Truppen der syrischen Regierung kontrolliert.

Am Ende des 19. Jahrhunderts v. Chr. taucht Aleppo erstmals in den Quellen auf. Aleppo zählt neben Damaskus zu den ältesten Städten Syriens.

Während des Ersten Weltkrieges kam Aleppo eine zentrale Rolle bei der Vertreibung der Armenier durch die Jungtürken im damaligen Osmanischen Reich zu. Auf Befehl von Talât Pascha wurden die Armenier ab Mai 1915 zusammengetrieben und auf Todesmärsche über unwegsames Gebirge in Richtung Aleppo geschickt. Bei Massakern und Todesmärschen kamen bis ca. 1,5 Millionen Menschen zu Tode. Die Zahl der Armenier, die während der Verfolgungen in den beiden vorangegangenen Jahrzehnten getötet wurden, variieren zwischen 80.000 und 300.000.

Wir Armenier selbst nennen diese Geschehnisse „Aghet" (Katastrophe). So wurde vor fast 100 Jahren nach einem unsäglichen Leidensweg Aleppo für meine Familie zum neuen Zuhause. Damals lag die Einwohnerzahl von Aleppo um 125.000 (Angabe von 1901).

Die Stadt hatte 2010 rund 2,5 Millionen Einwohner in den Stadtgrenzen, einschließlich seiner Vororte. Im Jahr 2006 erhielt Aleppo nach Mekka die Bezeichnung „Hauptstadt der Islamischen Kultur". Der hier gelebte Islam unterscheidet sich grundlegend von den menschenverachtenden Praktiken des Scharia~ und Taquira~gebundenen Islam.

Das wird durch eine quasi säkulare Regierungsform erreicht.

Nachdem ich jetzt nach langen Jahren Kontakt mit meinen großen Brüdern in Syrien aufnehmen konnte, erfuhr ich, wie die Menschen langsam wieder Hoffnung schöpfen.

Im Gebiet um Homs, die wohl am meisten durch den Krieg zerstörte Stadt in Syrien, das wieder von Assads Truppen kontrolliert wird, gibt es kleine Verbesserungen, berichtet mein ältester Bruder. "Viele Christen begrüßen, dass Assad in weiten Teilen Gelände zurückgewinnt und sie dort einigermaßen sicher leben können. Nicht wenige Christen sind in ihre Städte und Dörfer unter Regierungskontrolle in den letzten Wochen und Monaten zurückgegangen.", sagt er. Viele arabisch sprechende Christen leben inzwischen im Exil. Gemeinsam ist vielen von ihnen ein Gefühl der Heimatlosigkeit. Bischof Isaak Barakat sagte, als er vor einiger Zeit aus der syrischen Hauptstadt Damaskus nach Köln kam, sie säßen letztlich zwischen allen Stühlen. Im Nahen Osten sagen sie: „Sie sind Ausländer, sie sind Christen!" und wenn wir nach Europa kommen, sagen sie: „Sie kommen aus dem Nahen Osten. Sie sind Muslime!" „So bezahlen wir doppelt. Hier und auch dort" sagt Bischof Isaak Barakat.

In einem Telefonat mit meinem zweitältesten Bruder, der derzeit in Damaskus lebt, erfuhr ich, dass das Leben langsam zu einer gewissen Normalität zurückkehrt. Überall gehen die Aufbauarbeiten voran. Er war in Aleppo, dass besonders im Osten, also meinem Stadtteil, die größten Schäden aufweist. Offiziell wird von ca. 20 % zerstörter Substanz gesprochen. Das sind dennoch fasst 33.000 zerstörte oder geschädigte Gebäude.

Jetzt, da ich dies berichte, wurde mit dem Wiederaufbau begonnen. Das lässt mich hoffen. Das Stadtzentrum ist weitgehend unversehrt. Mein Bruder sagt:

"Sobald man das Zentrum erreicht, ist es hier genau wie in Damaskus: Die Geschäfte, Restaurants, Supermärkte und Parks sind voller Menschen. Die Stadt ist voller Leben. Die Universität und viele Schulen sind wieder uneingeschränkt geöffnet."

In den hiesigen Medien, in Deutschland, erscheinen nur manchmal, ganz am Rande, die für mich wohl wichtigeren Meldungen. Die, welche das reale Leben in Syrien zeigen, der einen, als auch der anderen Seite.

zerstörter Straßenzug in Ost-Aleppo - in der Nähe zum Zentrum

In diesem Zusammenhang einmal etwas über das Bildungssystem meiner Heimat. Die Schulbildung ist in Syrien im Alter von 6 bis 15 Jahren (1. bis 9. Klasse) vorgeschrieben und völlig kostenlos. Das soll auch so bleiben. Englisch und Französisch werden ab der 1. Klasse unterrichtet. Die Englischkenntnisse der jungen Schüler sind meist beeindruckend und weit über dem Durchschnitt der Schüler in Deutschland. Wenn Eltern ihren Kindern die Schulbildung verweigern, werden sie zu sechs Monaten Gefängnis verurteilt. Die Pflichtschule wird mit einer zentralen staatlichen Prüfung beendet. Falls ein/e Schüler/in sich entscheidet, die Schulbildung fortzusetzen, hängt es vom Ergebnis dieser Prüfung ab, ob die Ausbildung an einer berufsorientierten Schule (Technische Sekundarschule) oder an einer Allgemeinbildenden Oberen Sekundarschule fortgesetzt werden kann. Die Allgemeinbildende Obere Sekundarschule sieht einen literarisch-geisteswissenschaftlichen und einen mathematisch-naturwissenschaftlichen Zweig vor. Am Ende dieser letzten Schulphase wird wiederum eine zentrale Prüfung abgelegt. Eine erfolgreich bestandene Prüfung (Baccalauréat) ermöglicht den Zugang zum Universitätsstudium. An der Technischen Sekundarschule können berufsbezogene

Abschlüsse zum Beispiel im Bereich Industrie oder Landwirtschaft erworben, aber auch Handarbeitstechniken erlernt werden. In eher seltenen Fällen wird hier mit einem überdurchschnittlich guten Abschluss ebenfalls der Hochschulzugang gewährt. Das Studieren ist hier bei den notwendigen schulischen Leistungen für jeden erschwinglich. So kostet das Studium ca. 12 – 25 Euro im Jahr an Gebühr.

Christliche Kirchen befinden sich Tür an Tür zu Moscheen. Beide sind voller Menschen. Man sieht christliche Hochzeiten in der Stadt und Priester, die in der Öffentlichkeit herumlaufen, fast wie vor dem Krieg. Natürlich gibt es viel Zerstörung in Aleppo, vor allem die historische Altstadt mit dem Souq (Markt) und ihre Umgebung sind größtenteils zerstört. Das wird alles wieder aufgebaut werden, davon bin ich überzeugt.

Vor dem Krieg zählte die Altstadt von Aleppo zu den touristischen Höhepunkten. Sie wurde bereits 1986 in die Liste des UNESCO-Weltkulturerbes aufgenommen.

So kann man auf der UNESCO-Webseite sinngemäß erfahren:

„An der Kreuzung mehrerer Handelsrouten aus dem 2. Jahrtausend v. Chr. gelegen, wurde Aleppo nacheinander von den Hethitern, Assyrern, Arabern, Mongolen, Mameluken und Osmanen regiert. Die Zitadelle aus dem 13. Jahrhundert, die Große Moschee aus dem 12. Jahrhundert, die Umayyaden-Moschee (sie stammt aus dem Jahr 715 und war eine der schönsten Moscheen der Welt, ihr Minarett wurde als Nationalschatz betrachtet, sie war die größte und älteste Moschee in meiner Heimatstadt, doch wurde sie am 24. April 2013 von Al Nusra gesprengt) und verschiedene Koranschulen (Madrasas), Paläste, Karawansereien und Dampfbäder (Hammams) aus dem 17. Jahrhundert formen das Gesamtbild der Stadt.“

Ja, mir blutet das Herz, um all die Zerstörungen zu wissen, die hier geschehen sind. Dennoch gibt es Hoffnung.

Fast vergessen ist, dass Aleppo jahrhundertelang der Sitz einer florierenden jüdischen Gemeinde war, in deren Besitz sich die älteste vollständige schriftliche Fassung der Hebräischen Bibel befand – der Codex von Aleppo. Das Schriftstück entstand vor etwa 1.100 Jahren in Tiberias, wurde im Jahr 1099 von den Kreuzfahrern geraubt und gelangte schließlich auf verschlungenen Pfaden nach Kairo und dort in die Hände des Philosophen Maimonides (1135–1204). Dessen Nachfahren brachten den Codex im 14. Jahrhundert nach Aleppo, wo er jahrhundertelang in einer Synagoge aufbewahrt wurde – bis er im Pogrom gegen die Juden der Stadt im Jahr 1947 schwer beschädigt wurde.

Der „Weckruf" des Arabischen Frühlings brachte keine neue Blüte für meine Stadt und das Land. Vor allem die Menschen, die in einem Jahrhunderte andauernden, gut nachbarschaftlichen Miteinander lebten waren und sind die Leidtragenden.

Etwas, dass ich vermisse ist der traute Klang der wichtigsten Sprache meiner Heimat, das syrische Arabisch. Sie ist von einer besonderen Klarheit geprägt. Die Aleppo-typische Sprechweise unterscheidet sich stark von der kehligen Härte des in anderen Ländern gesprochenen Arabischen. Natürlich steht es jedem frei, seine Muttersprache zu erlernen und zu pflegen.

Denke ich an meine Heimat, an Aleppo, so kommt mir der vertraute Duft, wie er nur in der Altstadt zu verspüren war, in den Sinn. Dieser unverwechselbare Duft von Kardamom,

Tee und Kaffee ist es der in mir immer wieder eine starke Sehnsucht nach meiner Heimat auslöst.

أمَل

Betrachtungen

Das 20. Jahrhundert – „Jahrhundert der Vertreibungen" in Europa

Im Allgemeinen wird vor allem im deutschsprachigen Bereich in Europa mit dem Begriff Vertreibung, insbesondere die Vertreibung der Deutschen aus den Gebieten Ost- und Mitteleuropas nach dem zweiten Weltkrieg, verstanden. Die Vertreibung in Europa hatte aber ihre Wurzeln schon im ersten Weltkrieg. Mit dem Versailler Vertrag am Ende des Krieges und der verstärkten Propagierung des Nationalstaatsprinzips waren kommende Konflikte vorhersehbar.

So kam es zu einer Vielzahl von Vertreibungen verschiedenster Ethnien ab den 1920er Jahren mit der Herausbildung der neuen Nationalstaaten. Ungefähr zeitgleich mit der Vertreibung von Deutschen aus Teilen Osteuropas, besonders aus den östlichen Gebieten des Reiches, fanden in Ostmitteleuropa weitere Vertreibungen statt. So von in der Slowakei lebenden Ungarn und andere, wie zwischen Polen und der sowjetischen Ukraine.

Ein Beispiel dafür ist auch die 1939 zwischen der Sowjetunion und Deutschland vereinbarte Aussiedelung von Deutschen aus Gebieten des sowjetischen Herrschaftsbereiches, besonders aus Lettland, Estland und dem Balkan. Viele von ihnen wurden in polnische Gebiete nach Westpreußen, in das Posener Land angesiedelt. Zuvor, in 1941, wurden die dort lebenden Polen vertrieben.

Die vertriebenen Polen konnten ab Anfang 1945 wieder in ihre Heimat und zu ihrem Eigentum zurückkehren. Es handelt sich damit um eine der wenigen vollständig wiedergutgemachten Vertreibungen in Europa.

Bei den deutschsprachigen Vertreibungsgebieten handelte es sich um:

- an Polen durch die Alliierten zuerkannten Teile des ehemaligen Deutschen Reiches und Danzigs, wie den Südteil Ostpreußens, Westpreußen, Pommern, der Neumark Brandenburg, Schlesien;
- den Nordteil Ostpreußens, von Stalin der russischen Teilrepublik angegliedert;
- Gebiete, die seit 1919 dem Deutschen Reich abgesprochen wurden, in denen aber nach wie vor

viele Deutsche lebten (beispielsweise das östliche Oberschlesien);

- das zwischen Deutschland und Litauen umstrittene Memelland;
- weitere deutsche Siedlungsgebiete in den baltischen Staaten;
- das Sudetenland, also die nördlichen, südlichen und westlichen Randgebiete der böhmischen Länder;
- Gebiete der damaligen Sowjetunion, neben einer weitläufigen Streubesiedlung vor allem die deutsche „Wolga-Republik";
- mehrere Regionen in Südosteuropa, vor allem in Ungarn, Rumänien (Siebenbürgen, Banat), Kroatien (Slawonien), Serbien (Wojwodina) und Slowenien (Maribor (Marburg a.d.Drau), Ljubljana (Laibach), Cilli, Gottschee, s.a. Jugoslawien)

Etwas über 14 Millionen Deutsche waren zwischen 1944/45 und 1950 von Flucht und Vertreibung betroffen. Mehrere Hunderttausend wurden in Lagern inhaftiert oder mussten – teilweise jahrelang - Zwangsarbeit leisten. Die Anzahl der „Vertriebenen", deren Schicksal nicht geklärt werden konnte, betrug nach den beiden großen, im Auftrag des Deutschen

Bundestages durchgeführten Untersuchungen von 1958 und 1965 rund 2,1 Millionen. Mehrere Millionen Frauen aller Altersgruppen wurden vergewaltigt. Das gesamte private Eigentum der Ost- und Sudetendeutschen wurde entschädigungslos konfisziert, auch das öffentliche und kirchliche deutsche Eigentum in diesen Gebieten wurde enteignet.

Die Vertreibung aus dem Sudetenland

Die Entgermanisierung der Tschechoslowakei war ein erklärtes Ziel von Edvard Beneš, schon in dessen Zeit als Außenminister. Von 1918 bis 1935 war Beneš ununterbrochen Außenminister der ČSR unter Staatspräsident Tomáš Garrigue Masaryk, 1935 wurde er dessen Nachfolger. 1921–1922 war er auch Regierungschef. So kam es nach Bildung der Tschechoslowakei zur Bodenreform. Hier gingen fast 1/3 des deutschen Siedlungsgebietes an tschechische Neusiedler über. 40.000 deutsche Arbeiter und Angestellte wurden arbeitslos. Es folgte 1920 das Sprachgesetz. Die Verwaltungsreform von 1927 führte im Zusammenhang mit dem Sprachgesetz dazu, dass ca. 70.000 Staatsangestellte ihre Anstellung verloren.

In der Zeit von 1931 bis 1935 wurden über 2.300 deutsche Bücher und 170 Lieder verboten. Infolge der immer weiter fortschreitenden Wirtschaftskriese und der damit verstärkten Verelendung der Deutschen ging der deutsche Bevölkerungsanteil, auch durch Abwanderung von Hunderttausenden Deutschen in andere deutschsprachige Gebiete, drastisch zurück.

Als sich die Spannungen im Sommer 1938, nach dem Anschluss Österreichs, zur Sudetenkrise verdichteten, sandte England den ehemaligen Handelsminister Lord Walter Runciman, der am 14.09.1938 die Abtretung der deutschen Gebiete empfahl. Am 21. September stimmte die Regierung der ČSR auf Druck der französischen und britischen Regierung zu und am 29.09.1938 wurden im Münchner Abkommen die Modalitäten der Besetzung der deutschen Gebiete für Anfang Oktober vereinbart.

Internationale Stimmen waren sich einig, dass die ČSR in dieser Form keine Existenzberechtigung hatte.

Die Národní Noviny (Tschechische Nationalzeitung) schrieb am 23.11.1938:

„... dass kein Volk von Legenden leben kann", und Neville Henderson, der britische Botschafter in Berlin, bemerkte:

„... dass man die deutschen Gebiete klugerweise beim Vertrag von Versailles nicht in den Staat hätte eingliedern dürfen", und zu Beneš nach seiner Abdankung und Abreise aus Prag am 05.10.1938:

„... dass man den tschechischen Staat, auch im Falle eines gewonnenen Krieges, nicht wieder in der gleichen Form errichten würde."

Für Beneš war das offenbar der Anlass für seine "Transferpläne".

Am 13.03.1939 erklärte Pressburg (Bratislava) die Slowakei zum unabhängigen Staat. Daraufhin fuhr der tschechische Staatspräsident Emil Hácha nach Berlin und stellte den Reststaat "unter den Schutz des Deutschen Reiches", worauf am 15. März die militärische Besetzung erfolgte und am 16. März per Erlass die Schaffung des Protektorates Böhmen und Mähren verfügt wurde.

Beneš protestierte gegen die Okkupation der böhmischen Länder. England zeigt sich enttäuscht und Frankreich empfindet diesen Bruch des Völkerrechts auch als Wortbruch der deutschen Führung.

Bereits ab Sommer 1941 forderten die polnische und tschechoslowakische Exilregierung (Edvard Beneš) in London Grenzkorrekturen nach dem Sieg über das nationalsozialistische Deutschland. Dies sollte ausdrücklich die Entfernung der deutschen Bevölkerung aus diesen Gebieten wie auch aus dem restlichen Staatsgebiet einschließen. Die geforderte Vertreibung der Deutschen wurde neben ihrem Verhalten während der Besatzung auch mit dem Prinzip des ethnisch reinen Nationalstaates begründet.

Nach Kriegsende wurden in den deutschen Gebieten National-Ausschüsse (Národní vybori) gebildet, deren Aufgabe die Durchführung der "Säuberung der Gebiete" und die Einsetzung von "staatlichen Verwaltern", zur "Sicherung des Vermögens der staatlich unzuverlässigen Deutschen und Magyaren" war.

Grundlage bildeten die sogenannten Beneš-Dekrete, im Besonderen die Dekrete Nr. 5 vom 19.05.1945,

„Ungültigkeit vermögensrechtlicher Geschäfte", und Nr. 12 vom 21.06.1945, „Konfiskation und beschleunigte Aufteilung des landwirtschaftlichen Vermögens" sowie "Sicherstellung des deutschen Vermögens", Erlass des Finanzministeriums/22.06.1945/Amtsblatt Nr. 83.

Beneš sagte am 03.06.1945 in Tabor:
„Ich erteile allen National-Ausschüssen den strengen Befehl, unseren Leuten im Grenzgebiet Platz zu schaffen. Werft die Deutschen aus ihren Wohnungen. Alle Deutschen müssen hinaus". Die Durchführung übernahmen die "Revolutions-Gardisten" und die der sogenannten "Partisanen der Svoboda-Armee". Das führte zu Raub, Mord, Willkür, Lynchjustiz, Todesmärschen und Konzentrationslagern …
und das nach dem Ende des 2. Weltkrieges!

Die wilde Vertreibung

Exzesse, Willkür, Raub und Mord

Am 05. Mai 1945 kam es in Prag zum Aufstand, der nach Kriegsende am 09. Mai in einer bestialischen Deutschenjagd und der Konfinierung von 20.000 Deutschen in Kinos,

Turnsälen, Kasernen und Sportstadien wie auch der Ermordung von Verwundeten in Lazaretten gipfelte, wobei gemäß Prager Fenstersturztradition wehrlose Verwundete auf die Straße geworfen wurden.

Kinder und Säuglinge wurden erschlagen, Jugendliche an Laternenpfählen gehenkt oder mit dem Kopf nach unten angezündet. Die Pogrome griffen auch auf Kladno und Jungbunzlau über und wurden durch die Rückkehr von Beneš, der zwischen 13. und 15. Mai in Brünn, Iglau und nunmehr in Prag sein "Dreimal wehe den Deutschen, wir werden sie liquidieren!" ausgerufen hatte, noch gesteigert. General Kutlvašr rief zur Rekrutierung der "Revolutions-Gardisten (R.G.)" und zur "Säuberung" der deutschen Gebiete auf, die auch nach Mitte Mai bereits einsetzte und vor allem in Grenznähe zur wilden Austreibung ganzer Bezirke führte (z. B. Neubistritz: 68 Orte mit 26.000 Einwohnern von 28. bis 30.5.1945).

Todesmärsche

Oft waren die Märsche auf Umwegen zur Grenze, 20 bis 50 km ohne Wasser oder Verpflegung. Berüchtigt wurden

Brünn, Iglau, Komotau, Teplitz-Schönau, Tetschen, Jägerndorf und 15 andere. In Brünn wurden 35.000 Frauen, Kinder und alte Leute am Fronleichnamstag, dem 31. Mai, zur 50 km entfernten Grenze getrieben („Brünner Todesmarsch"). Bis Pohrlitz gab es bereits eine hohe Opferzahl, die sich durch Ruhr in den nächsten vier Wochen auf insgesamt 5.200 bis 6.000 Tote erhöhen sollte. Nur 890 von ihnen erhielten in Pohrlitz eine Einzelbestattung, zwischen Drasenhofen und Wien liegen 1.056 Opfer in 13 Massengräbern. Gleichzeitig wurden überall KZ-Todeslager errichtet, mit unbeschreiblichen Folterungen und Massakern: Postelberg (1.500 Tote), Mährisch-Ostrau-Hankelager (350 Hinrichtungen), Theresienstadt, Komotau-Maltheuern, Aussig-Lerchenfeld, Prag-Prosecnice, Pilsen, Brünn, Olmütz, ...

Insgesamt mehr als 20.000 Lagertote in 32 KZ's, 215 Gefängnissen und über 800 Arbeitslagern (350.000 Inhaftierte).

Die wilden Vertreibungen dienten hauptsächlich dem Raub des Vermögens der Deutschen, damit leerstehende Objekte ausgeplündert werden konnten. Auch die Einsetzung sogenannter "Staatlicher Verwalter", die meist dem "besitzlosen Landesproletariat" entstammten, hatte keineswegs eine "Sicherstellung des Vermögens der Verräter zu Gunsten des Staates", sondern nur die eigene Bereicherung der zur Folge. Bis eine Millionen Sudetendeutsche waren Opfer der wilden Vertreibung.

Der angesehene britische Publizist Victor Gollancz veröffentlichte 1946 das vielbeachtete Buch "Our Threatened Values" mit zahlreichen Vertreibungsberichten. Seine Zusammenfassung zur CSR besagt u.a.:

"Wir hatten die Tschechoslowakei früher als anständig und tolerant angesehen, als einen Musterstaat der liberalen Demokratie. Und was geschieht heute? Ungeachtet seiner während des Krieges in London gehaltenen Vorträge hat Dr. Beneš sofort nach seiner Rückkehr die fast ausnahmslose Massenvertreibung der gesamten Sudetendeutschen Bevölkerung eingeleitet. Augenzeugen haben mir die abscheulichen Grausamkeiten geschildert, mit denen die Vertreibung durchgeführt wird. Dass die ("Sudetendeutsche") Arbeiterbewegung ihr Alles für die Bekämpfung des Nationalsozialismus gegeben hatte, gilt heute für nichts. Es scheint Dr. Beneš ausdrücklicher Wunsch zu sein, sein Land von allen nichtslawischen

Elementen ("zu befreien"). Einschließlich der Sudetendeutschen sind rund 14 Millionen Menschen von den Massenvertreibungen betroffen."

(siehe hierzu Anmerkung)

"Wenn das Gewissen der Menschen jemals wieder feinfühlig werden sollte, wird man sich dieser Vertreibung zur unsterblichen Schande all derer erinnern, die sie begingen oder stillschweigend duldeten ... Die Deutschen wurden vertrieben, nicht nur mit dem Fehlen einer übertriebenen Rücksichtnahme, sondern mit dem absoluten Maximum an Brutalität."

wörtlich zitiert nach: Gollancz, Victor (1946): Our Threatened Values. - London: Oktober 1946. - (In Deutsch: Gollancz, Victor (1947): Unser bedrohtes Erbe. - Zürich (Schweiz)

Anmerkung:

Die Zahl von insgesamt 14 Million vertriebener Menschen in 1945/1946 bezieht sich auf die über 3,0 Millionen vertriebenen Sudetendeutschen sowie Millionen vertriebener Menschen, die gleichfalls mit äußerster Brutalität durch die Polen und Russen aus den ehemaligen jahrhundertelangen deutschen Gebieten (Ostpreußen, Pommern, Schlesien) vertrieben wurden. Diese Gebiete gehören heute zu Polen.

Das Potsdamer Abkommen bot der polnischen und tschechoslowakischen Regierung und ihrem Verbündeten Stalin die Möglichkeit, die bereits laufende Vertreibung als vereinbart zu betrachten. Ab dem Frühjahr 1946 konnten sich nunmehr die Westalliierten auf die Behauptung zurückziehen, so sei es nicht gemeint gewesen. Die Umsiedlungen sollten in einer 'humanen' Art geschehen; tatsächlich führte die internationale Kontrolle dazu, dass die Zwangsaussiedlung ab Anfang 1946 in wesentlich gemäßigterer Form vor sich ging, als in den Wochen und Monaten vor der Konferenz. In dieser Zeit fand die als „Wilde Vertreibung" in weiten Teilen des Sudetenlandes statt. Dennoch kam es auch danach noch zu zahlreichen Verbrechen an der deutschen Zivilbevölkerung und sehr vielen Todesfällen in den Internierungslagern und Gefängnissen.

Der Odsun – die „organisierte Vertreibung"

Zur Durchführung der organisierten - Vertreibung - (Odsun) der deutsch-ethnischen Bevölkerung der Tschechoslowakei richteten die Tschechen im Spätherbst 1945 in den verschiedenen Gerichtsbezirken tschechische Aussiedlungs-Internierungs-Lager als Sammel- und Quarantänelager ein. Insgesamt 107 Lager, davon 75 allein in Böhmen. In diesen Lagern wurden die Vertriebenentransporte zusammengestellt, wobei ein einzelner Transport ca. 1.200 Personen umfasste.

Am 25. Januar 1946 traf der erste Sudetendeutsche Vertriebenentransport aus Budweis in Bayern (damals US-Besatzungszone) ein. In diesen tschechischen Internierungslagern herrschte meist, wie auch schon vor Beginn der systematisierten Vertreibung, Willkür. Wegen katastrophalen hygienischen Verhältnissen und mangelnder, schlechter Verpflegung starben Tausende an Seuchen, aber auch durch die Brutalität und Schikanen der Lagerführung. Die Auszuweisenden wurden in den Lagern von Tschechen ausgeplündert und misshandelt, sodass häufig das erlaubte Mindestgepäck von 30-50 kg nicht erreicht wurde. Auch die von den Behörden "offiziell" eigentlich gestattete Mitnahme von Nahrungsmitteln für drei bis fünf Tage wurde in der Praxis von den lokal zuständigen tschechischen Partisanen örtlich sehr unterschiedlich gehandhabt und auch Lebensmittel wurden geplündert oder einfach weggenommen und die Menschen ohne jegliche Nahrungsmittel einfach in die Güterwagen verfrachtet. In manchen Fällen kamen die Vertriebenen ohne jegliche Habe an, nur mit dem was sie am Leib hatten, weil ihnen alles abgenommen wurde. So kamen die Vertriebenen in den

Besatzungszonen der Alliierten mit wenigen Kleidungstücken und ohne die unentbehrlichen Haushaltsgegenstände an, die zu diesem Zeitpunkt im zerstörten Deutschland nicht zu beschaffen waren. Bargeld konnte in unterschiedlicher Höhe mitgenommen werden: manchmal 200, mal 500, mal 1.000 RM.

Für die vorgesehene Enteignung durch den tschechischen Staat musste die deutsche Bevölkerung vorher alles angeben, was sie besitzen und was im Haushalt ist: Grundbesitz, Wert des Hauses, Art und Anzahl der Tiere, Art und Wert der Möbel, der gesamte Hausrat wie Geschirr, Besteck, Bettwäsche, Kleidung, Schmuck, Werkzeug ....und ...und ...und.

All dies ging in tschechischen Staatsbesitz über …
sie wurden entschädigungslos enteignet.

Viele die in Grenznähe zu Bayern oder Österreich lebten, haben versucht wenigsten das Wichtigste ihrer Habe vor der Enteignung zu retten. Sie haben des Nachts auf stundenlangen Fußmärschen durch die Wälder Kleidung, Schuhe, Zudeckbetten, Bettwäsche, Geschirr, Besteck, Uhren, Werkzeug und sogar Maschinen "aus Böhmen rausgetragen". Sie haben Teile ihrer Habe an Lagerstellen verteilt, z. B. manche Deutsch-Böhmen aus dem

Böhmerwald in Dörfern auf der deutschen-bayerischen Seite (damals US-Besatzungszone). Manche davon wurden dabei von tschechischen Grenzposten erschossen oder verhaftet und landeten bei der Rettung ihrer eigenen Habe wegen Diebstahls von tschechischem Staatseigentum im Gefängnis oder wurden zur Zwangsarbeit ins Landesinnere verschleppt. Andere haben Teile ihres lebensnotwendigen Hausrats auf ihren Grundstücken vergraben - in der Hoffnung, dass sie doch - irgendwann eines Tages – in ihre Heimat zurück kommen können ...

Von den überlebenden Vertriebenen lebten 1950 über 1,9 Millionen in der US-Besatzungszone: über 1 Millionrn in Bayern, ca. 400.000 in Hessen; über 320.000 in Baden-Württemberg, in der Sowjet-Besatzungszone lebten über 700.000 sowie weiterhin ca. 8.000 in Berlin und ca. 140.000 in Österreich. Ungefähr 250.000 durften oder mussten in ihrer bisherigen Heimat bleiben, u.a. da die Tschechoslowakei nicht auf diese Fachkräfte verzichten wollte. Sie wurden gleichfalls entschädigungslos enteignet, verloren sämtliche Bürgerrechte inkl. ihrer Staatszugehörigkeit, wurden innerhalb des Landes umgesiedelt und sollten zwangsweise assimiliert und tschechisiert werden (ungefähr zwei Drittel von ihnen verließen in späteren Jahren als Spätaussiedler das Land). Etwa 40.000 wurden in die Sowjetunion verschleppt.

Nach Angaben des " Deutschen Statistischen Bundesamt" von 1958 betrug die Zahl der Todesopfer während der Zeit der Vertreibung der Sudetendeutschen ca. 250.000 Tote.

Im Sudetenland nach der Vertreibung wurden vor allem Tschechen aus dem Landesinneren sowie Zigeuner (Sinti, Roma und a.; Literaturnobelpreisträgerin Herta Müller sagte: "Ich bin mit dem Wort 'Roma' nach Rumänien gefahren, habe es in den Gesprächen anfangs benutzt und bin damit überall auf Unverständnis gestoßen.' 'Das Wort ist scheinheilig', hat man mir gesagt, 'wir sind Zigeuner, und das Wort ist gut, wenn man uns gut behandelt. '") angesiedelt. Dabei ist zu beachten, dass der Versuch unternommen wurde, die nicht sesshaften „Zigeuner" zur sesshaften Lebensweise zu veranlassen. Hinzu kamen Tschechen, die aus Familien stammten, die früher nach Frankreich, die USA oder in andere Länder ausgewandert waren. Alle die, welche in den Besitzstand des konfiszierten Eigentums eintraten, lernten nicht mit dem widerrechtlich in Besitz genommenem Vermögen zu wirtschaften. Sie fanden keinen innigen Bezug zur Natur und Landschaft. Die Aussiedlung vernichtete riesige materielle Werte und verwandelte die einstige Kulturlandschaft nahezu in eine Ödlandschaft. In Folge der Vertreibung kam es zu einem massiven Verfall der ehemaligen Siedlungsgebiete im ehemaligen Sudetenland, was zu der Auslöschung von über 1200 Ortschaften nach 1945 führte.

Ende 1947 zogen die amerikanischen Vertreter im Alliierten Kontrollrat eine ernüchternde Bilanz. Sie befürworteten, "dass der Kontrollrat sich gegen alle künftigen Zwangsumsiedlungen ausspricht, insbesondere die gewaltsame Entfernung von Menschen aus Orten, die seit Generationen ihre Heimat sind."

Über die Methode der Vertreibung aus der Tschechoslowakei urteilte ein Bericht des U.S. Repräsentantenhauses von März 1950 "Expellees and Refugees of German Ethnic Origin", (Francis Walter Bericht, 87 S.) zusammenfassend:

" .... *Ungefähr 250.000 Sudetendeutsche wurden auf unmenschliche Weise durch selbständige Aktionen von »Partisanen« aus den Grenzgebieten nach Deutschland getrieben. Die übrigen, etwa 2,5 Millionen wurden Ende 1945 und 1946 nach Deutschland geschickt, und zwar durch eine organisierte Umsiedlung, die von der tschechoslowakischen Regierung durchgeführt wurde". "Die Verhältnisse waren so, dass keine dieser Unternehmungen als human und geregelt bezeichnet werden kann ...."*

Der Internationale Militärgerichtshof hat die Vertreibungen vor und nach 1945 als Kriegsverbrechen bzw. Verbrechen gegen die Menschlichkeit streng geahndet. Auch die Neuansiedlungen wurden als Verstoß gegen die Haager Landkriegsordnung gewertet. Damit wurde klargestellt, dass die Vertreibung der Deutschen in den Jahren 1945 bis 1948 bereits zur Tatzeit gegen verbindliches Völkerrecht verstieß.

Das amerikanische Repräsentantenhaus verabschiedete am 13.10.1998 die Resolution 562 die früheren, totalitären Staaten Osteuropas - namentlich die Tschechische Republik – aufgefordert,

,,... widerrechtlich enteigneten Besitz den rechtmäßigen Eigentümern zurückzugeben oder wirksame Entschädigung zu leisten". Am 15. März 1999 folgte das Europäische Parlament mit einer gleichlautenden Entschließung.

Immer wieder wird allzu deutlich, dass jegliche Vertreibung ein Unrecht ist. Hierfür kann es nie eine wirkliche Entschädigung, Wiedergutmachung oder Versöhnung geben. Die einzelnen persönlichen Schicksale, deren Leben anders hätte verlaufen können, sind hier die Beispiele. Es bleibt für immer ein Unrecht. Nachdem nun die direkt davon betroffenen Generationen von Betroffenen und Akteuren dieser Zeit von deren Nachfahren beerbt werden, ist es geboten, heute als auch in Zukunft, menschliches Leid und die sie verursachenden Konflikte nicht wieder zuzulassen.

Gedanken zum Thema Vornamen
Sag mir wie du heißt und ich sage dir, wo du stehst

Eltern, die ihren Kindern wohlklingende Vornamen mit auf ihren Lebensweg geben, haben im späteren Leben wesentlich bessere Ausgangspositionen.

Dazu ein kleines Gedankenspiel.: An wen ist man geneigt zu denken, wenn man bei heutigen Begegnungen auf bestimmte Namen trifft, assoziiert man damit nicht automatisch eher einen kleinen Versicherungsangestellten, als den Chef einer bestimmenden Behörde oder eines Großunternehmens?

Es scheint so, als verbinden viele Menschen den Namen ihrer Gegenüber mit dem sozialen Status, als auch dessen Intelligenz.

Mit der einhergehenden Weltoffenheit unserer Gesellschaften zeigt sich, dass die Namen in unserer Zeit nicht nur immer mehr Geschmackssache sind, sondern auch Ausdruck dafür sind, woher man kommt und welche kulturelle Prägung unserem Gegenüber eigen zu seien scheint.

Namen bestimmen auch die Sozialisierungsphase von Kindern wesentlich mit und beeinflussen schon dadurch die künftigen Verhaltensmuster der nächsten Generation. So scheint es, hat sich über die Epochen hinweg, bis in unsere

Zeit hinein gezeigt, dass „noble" Namen zu wesentlichen Bevorzugungen, besonders bei Erstkontakten, beitragen.

Das wird auch durch eine Studie der Universität Osnabrück (1) gestützt. Darin kommt man zum Ergebnis, dass Bewerber mit Adelstitel, bei grundsätzlich gleichwertigen fachlichen Voraussetzungen, als durchweg durchsetzungsfähiger und führungsstärker bewertet werden. Das führte in der Regel auch dazu, diese Bewerber bei den Einstellungen zu bevorzugen.

Zumindest glaube ich, dass die meisten Eltern versuchen mittels des Kindesnamen ihre Sehnsüchte und Wünsche für das Neugeborene zu manifestieren. Gleichzeitig unterliegen die Eltern bei der Namenswahl in der Regel in einem starken Maß dem jeweiligen Zeitgeist. In wenigen Fällen ist die Wahl des Geburtsnamens aber nur eine Möglichkeit der Selbstinszenierung der Namensgeber. Die verwendeten Vornamen sind auch als Spiegel der Gesellschaft zu betrachten.

So ist die Vorliebe für transkulturelle Namen in allen ehemaligen Besatzungszonen ab den fünfziger Jahren zu beobachten. Dies hängt unter anderem mit der Abkehr von der nationalsozialistischen Zeit unmittelbar nach dem 2. Weltkrieg zusammen. Ebenso spielt seit dieser Zeit das

Christentum, auch infolge der säkularen Staatsprägung, als Religion keine derartig große Rolle mehr, als dass der Glauben in christlichen Namen dominant ausgedrückt wird. Die Nutzung von Massenmedien, der Einfluss durch amerikanische Filme, Serien und Musik lassen sich immer stärker beobachten. Damit verbunden ist auch der prägnante Rückgang deutscher Vornamen seit den fünfziger Jahren.

(1)

Veröffentlicht in „Psychological Science" am 10. Oktober 2013 von Raphael Silberzahn und Eric Luis Uhlmann

Edeltraut

Edeltraut, auch Edeltraud geschrieben, ist ein weiblicher Vorname. In der Zeit des Mittelalters war die Schreibweise Adeltraud. Dieser Name ist eine Zusammensetzung aus den althochdeutschen Worten

adal. Das bedeutet: edel, vornehm … und
trud. Das bedeutet: Stärke, Kraft

Der Namenstag von Edeltraut(d) wird am 23.Juni begangen.

Edeltraud ist Patronin gegen Augenleiden.

Aida - عائِد

Aida ist schon ein jahrtausendealter Name. Erstmals wird diese sprachliche Form des Namens in einer Erzählung des Ägyptologen Auguste Mariette überliefert. Möglicherweise ist der Name auch einem altägyptischen Namen nachempfunden worden. Dessen Bedeutung in ägyptischer Zeit aber bis heute ungeklärt zu sein scheint. Im arabischen Sprachraum wird der Name mit der Aussprache 'a.ida (Betonung auf dem A) vergeben. Er bedeutet im arabischen dann „Besucher" oder „Rückkehrerin". Eine Schreibvariante ist Ayda.

Was bedeutet Heimat für mich?

In einem kleinen Ort in der hessischen Rhön geboren und aufgewachsen, kann ich mit Bestimmtheit sagen, dass ich diesen Ort nicht als meine Heimat ansehe. Ich kenne dort jeden Winkel und jeden Ort. Vieles ist mir sehr vertraut. Unbeschwert und ohne ein trübes Ereignis oder Geschehen bin ich dort aufgewachsen, dennoch sehe ich diesen Ort, der mich geformt hat, nicht als Heimat an. Auch heute noch verweile ich gerne in diesem Vertrauten Ort mit den vielen lieben Bekannten. Vielleicht aber empfinde ich es nicht als Heimat, weil meine Eltern nicht von hier stammen und immer wieder von ihrer wundervollen Heimat erzählten? Ja, landschaftlich ist die Heimat meiner Eltern wundervoll und es ist nachvollziehbar, dass es sehr schwer gefallen ist, so eine Gegend, wo die Familie, die Freunde und das Eigentum an der Heimaterde waren, wo man gesellschaftlich anerkannt war und dazugehörte, diese Heimat verlassen zu müssen.

Heute und hier in meinem Zuhause fühle ich mich sehr wohl, gut aufgehoben. Ich freue mich immer wieder über mein schönes Daheim und meinen wundervollen Garten, als „grüne Oase". Doch auch das ist, da nur an diesen Ort gebunden, nicht meine Heimat.

Eine bedeutende Rolle für mich spielt bei dieser Frage das Herz, wohin oder auch zu wem es sich hingezogen fühlt. Nur wenn ich mich mit dem Schlag meines Herzens in engster Verbundenheit und im Gleichklang Liebe fühle, ist es mir möglich meine Heimat zu spüren.

Es gibt für den Begriff Heimat keine voll rationale Antwort. Für jeden einzelnen Menschen ist Heimat etwas ganz anderes. Jeder definiert Heimat auf seine eigene Art. Dadurch erlangt der Begriff Heimat für jeden eine individuelle Bedeutung. Jeder findet so seine eigene spezifische Antwort.

Betrachtungen und Gedanken der Autorin Martina Giese-Rothe

Herzblut

Trotz aller Erniedrigungen,

Demütigung sowie Gewalt

und

obwohl man uns verjagt, vertrieben

und der Heimat auf Dauer entbehrt,

ist es das Herzblut,

dass die Liebe zur Heimat auf ewig nährt.

Quellen~ und Literaturhinweise

Für Kapitel 1:

Weiterführende Literatur zum Thema Vertreibung und den Betroffenenzahlen und sonstige schriftliche und mündliche Quellen

„Ordnungsgemäße Überführung", Die Vertreibung der Deutschen nach dem Zweiten Weltkrieg – Originaltitel: Orderly and Humane. The Expulsion of the Germans after the Second World War – Autor: R.M. Beck (irischer Historiker), Verlag Beck 2012, ISBN-10: 3406622941; ISBN 13: 978-34ß6622946

„Die Vertreibung – Sudetenland 1945 -1946",
Autor: Emil Franzl, Aufstieg Verlag Landshut 1979,
ISBN 3-7612-0149-4

„Erinnerungen 1945-1953", Autor: Konrad Adenauer, Deutsche Verlags-Anstalt GmbH, Stuttgart 1965 –
Hier insbesondere: X. Die Berner Rede vom 23.März 1949: Kennzeichen für die damalige Lage – S.182

Weiterführende Literatur zur Geschichte:

„Die Germanen und Slawen in Böhmen und Mähren" Spuren früher Geschichte im Herzland Europas,
Autor: Dr. Alois Bernt, Grabert-Verlag Tübingen 1989;
ISBN 3-87847-009-1

„Sudetenland" Kein schöner Land in jener Zeit,
Autor: Ernst Schremmer, Sonderausgabe für Flechsig-Buchvertrieb in der Stürz-Verlag GmbH, Würzburg 1998

Persönliche Aufzeichnungen aus den Jahren nach 1945-2015, Verfasserin: Edeltraut Rothe (*1940 +2015); Fulda - Nachlass

Für Kapitel 2:

GEO SPECIAL Nr. 01/2011 - Syrien + Jordanien

https://de.wikipedia.org/wiki/Aleppo

Kapitel 2 basiert auf persönlichen Gesprächen und diesbezüglichen Recherchen. Aida ist demzufolge eine Symbolfigur, eingebettet in eine realitätsbezogene Erzählung der Autorin. Jede Ähnlichkeit mit Personen, die gelebt haben, jede Übereinstimmung der Namen, Orte kann bloß auf zufälligem Zusammentreffen beruhen, und der Verfasser lehnt dafür im Namen unveräußerlicher Rechte der Einbildungskraft und dem künstlerischem Einfluss die Verantwortung ab.

Bildnachweis

1. Bucheinband:

   Photage / Collage und Grafik von P. Köllner

   vordere Umschlagseite: hinterlegt - Ausschnitt – Landkarte Böhmen, Eger, Leitmeritz ... 1760,
   Stich von Winkler, gemeinfrei

   hintere Umschlagseite: hinterlegt - Map of Aleppo 1912, gemeinfrei, Quelle: Wikimedia Commons

2. S.18 - Blick vom Kahlenberg – Quelle: Wikimedia Commons; Foto: Miaow Miaow; Das Foto ist gemeinfrei.

3. S.29 - Symbolbild „Vertreibung" – Das Foto ist gemeinfrei. Quelle: Sudetendeutsche Stiftung - Sudetendeutsches Archiv – Lizenz: Attribution Share Alike 1.0 License

5. S.65 – oben, AK gelaufen 1929, Blick ins Modeltal hin zum Suttomer Berg, 505 m (Sutomský vrch)

6. S.65 – unten, Der hölzerne Glockenturm der Kirche Peter und Paul, Quelle: Wikimedia Commons; Foto: Miaow Miaow, Das Foto ist gemeinfrei.

7. S.66 - Blick auf den Bergfried der Burg Skalken (tschechisch Skalka) von Suttom aus in Richtung WSW
   Quelle: Wikimedia Commons; Foto: Björn Ehrlich (2008), Das Foto ist gemeinfrei gem. Attribution-Share Alike 3.0 Unported, 2.5 Generic, 2.0 Generic and 1.0 Generic license

8. S.69 - Pfarrkirche St. Jakobus in Tschischkowitz – Quelle: Wikimedia Commons; Foto: Lubomir Harrer (2006), Das Foto ist gemeinfrei gem. Attribution-Share Alike 3.0

9. S.71 - Schloss Čížkovice - Quelle: Wikimedia Commons; Foto: Sovicka 169 (2015), Das Foto ist gemeinfrei gem. Creative Commons Attribution 4.0 International license.

10. S.75 - Überfahrt über die Elbe am Schreckenstein – Künstler: Adrian Ludwig Richter 1837, Quelle: Wikimedia Commons; Das Foto ist gemeinfrei.

11. S.84 – Blick auf Aleppo (Bildausschnitt) Quelle: Wikimedia Commons; Foto: Obersachse (2009), Das Foto ist gemeinfrei gem. Attribution-Share Alike 3.0 Unported, 2.5, Generic, 2.0 Generic and 1.0 Generic license.

12. S. 124 - zerstörter Straßenzug in Ost-Aleppo (Bildausschnitt) Quelle: Wikimedia Commons; Foto: Министерство обороны Российской Федерации; Das Foto ist gemeinfrei gem. Creative Commons Attribution 4.0 International license.

⚓ Symbol - verwendet im 1. Kapitel; eigenständige Erstellung Bedeutung: „Glaube – Hoffnung – Liebe"

أمل Symbol - verwendet im 2. Kapitel; eigenständige Erstellung arabischer Schriftzug „AMAL" mit der Bedeutung „Hoffnung"